Zacharie & Jérémy
Rencontre surnaturelle au Louvre

Madelline R. Kennedy

ZACHARIE & JÉRÉMY

RENCONTRE SURNATURELLE AU LOUVRE

d'après une histoire de Jérôme Patalano

www.jeromepatalano.fr

Suivi éditorial et correction : Pierre Van Hoeserlande
www.moncorrecteur.net

Illustration de couverture : Natasha Snow Designs
www.natashasnowdesigns.com

ISBN : 978-2-9589893-0-9
Dépôt légal : octobre 2023

Histoire disponible en format broché et numérique.

Veuillez noter que ce livre pourrait contenir des éléments explicites qui seraient susceptibles de heurter la sensibilité d'un public non averti.

Cette histoire a été publiée une première fois dans une version plus courte, sous le nom de :

« Faites vos vœux »

au sein de l'anthologie *Un homme pour Samhain*, sorti en novembre 2019 aux Éditions Bookmark (collection Reines-Beaux).

Retirée de la vente depuis, cette histoire vous est proposée ici dans une version enrichie.

Quelques mots de Jérôme & Madelline

Jérôme. Merci à toi cher lecteur d'avoir fait l'acquisition de cette novella que j'ai pris un plaisir fou à réécrire… et pas tout seul, cette fois. « Réécrire ? Comment ça ? » Je t'explique. Et bienvenue à toi, Madelline !

Madelline. Bonjour à tous ! Je suis si contente de figurer au générique de cette histoire que tu as créée ! Merci à toi Jérôme de m'avoir acceptée à tes côtés.

Jérôme. Mais c'est tout à fait normal ! Que je réexplique à ceux et à celles qui ont ce livre entre leurs mains. Cette histoire a connu une première publication sous le nom de « Faites vos vœux », il y a quelques années. D'un commun accord avec l'éditeur qui comptait retirer le recueil de la vente après une première exploitation, j'ai récupéré les droits de ce texte que j'aime beaucoup, afin de le retravailler et de tenter l'auto-édition pour la première fois (suite à des promesses non tenues d'autres éditeurs). Car avec le recul et à la lecture des quelques retours à l'époque, un terrible doute s'est emparé de moi : et si je n'avais pas tout raconté ? Au départ, cette histoire était une réponse à un concours de nouvelles « queer épicées ». Comprenez : y faire intervenir des personnages issus de l'inclusion et y ajouter au moins une scène « qui ferait rougir son·sa lecteurice », dixit le règlement. Autant vous dire que je n'avais jamais fait ça et que le challenge me tentait bien.

Madelline. Moi, je lisais déjà beaucoup d'histoires comme ça, notamment quand je vivais encore aux US. C'est plutôt courant là-bas, bien qu'on ne le dise pas trop *(rires)*. Quand j'ai lu ton histoire, j'avoue avoir rougi ! Et pas qu'un peu *(rires)*.

Jérôme. Je me demande vraiment de quoi tu parles ! Une scène en particulier ?

Madelline. *(Rires.)* Oui, une en particulier. Mais on ne va pas divulgâcher ce moment d'anthologie...

Jérôme. D'autant que ce moment en question, tu

l'as enrichi… Donc, tu dis que ça t'a fait rougir, mais ça ne t'a pas empêchée d'en rajouter ! *(Rires.)*

Madelline. *(Rougit.)* J'avoue que ces quelques pages brûleront les doigts de certains ! *(Rires.)* Tu n'as pas tout dit, non ?

Jérôme. En effet. À l'époque de l'annonce de ce concours, le nombre de signes était imposé (pas plus de 40 000, espaces comprises) et, mon imagination s'enflammant, je me suis vite trouvé étriqué avec cette limite ; j'ai dû couper pas mal de choses. Résultat : mon histoire a été retenue, mais l'éditeur m'a demandé d'élaguer. J'ai pu négocier avec lui 5 000 signes supplémentaires, mais pas plus.

Madelline. Quand tu m'as dit ça l'autre fois, j'avoue avoir eu mal pour toi. Ça a dû être douloureux !

Jérôme. Très ! Au final, dans le recueil où elle a été publiée, mon histoire s'avérait la plus longue. Mais étrangement, au vu de certains retours, elle était… « trop courte » ! Bah ça alors ! D'autres ont exprimé le même regret : « C'est dommage, j'aurais voulu en savoir plus. » Un lecteur a même écrit : « J'espère qu'on aura d'autres aventures de Zacharie et Jérémy. » Et ça, ça m'a procuré un plaisir fou. Un petit nombre, en revanche, a reproché au récit d'être « *too much* ».

Madelline. Ah bon ?

Jérôme. Oh que oui ! Je m'explique. Sans critiquer les autres histoires publiées dans ce recueil (ça ne se fait pas, eu égard aux autres autrices qui avaient produit de bons textes), disons que la mienne n'avait rien à voir avec leurs productions... et de loin. C'étaient des histoires « romantiques » qui travaillaient plus la relation entre les personnages que le récit dans son ensemble (c'est un fait). Alors que moi, j'ai toujours écrit mes histoires « comme un tout ».

Celles et ceux qui m'ont déjà lu (je suis publié chez Alter Real Éditions, Inceptio Éditions et au Cherche Midi) savent que j'aime le spectacle dans son ensemble. Cela ne signifie pas pour autant que je ne travaille pas mes personnages, non non non. Cela veut simplement dire que je ne vais pas user 40 000 signes à décrire uniquement une relation, quelle qu'elle soit. Il m'en faut plus. Alors, forcément, quand vous lisez trois nouvelles qui parlent quasi exclusivement de relation amoureuse et que vous finissiez, à l'époque, sur la lecture de mon *blockbuster* qui s'étouffait dans ses barreaux de 45 000 signes max, y avait comme un décalage quant aux attentes des lecteurices.

Madelline. Pour avoir lu ce recueil, c'est clair que ton histoire a détonné ! J'ai dû m'y reprendre à deux fois pour en saisir toute l'essence. À sa lecture, il y avait un sentiment de « trop court », de « trop rapide ». Je m'en suis rendu compte après. Car au début, je ne l'avais pas forcément appréciée.

Jérôme. Ah bon ?

Madelline. Oui ! Quand tu lis les trois premières histoires, c'est vrai que c'est « gentil ». Très propret et clairement fantasmé. Étant en contact avec plusieurs ami·e·s de la communauté LGBTQIA+, comme toi, ces histoires sont mesurées au regard de la réalité. La tienne, et notamment si on parle de la scène, on sent le vécu *(rires)*. Et c'est clairement plus réel. Mais peut-être trop pour le lectorat habitué à ces histoires...

Jérôme. Et c'est là que tu es intervenue ! Car comme l'a dit un jour notre regretté président, monsieur Jacques Chirac (qui a repris cette phrase du général de Gaulle) : « Je vous ai compris. » J'ai donc pris note de tous vos retours. Ainsi que... Madelline.

Madelline. Oui !

Jérôme. Dis-leur comment on s'est rencontrés.

Madelline. Bien sûr. C'est simple... C'était par le biais des DM d'Insta ! Je t'ai écrit pour te dire que j'avais adoré ton histoire et tu m'as tout de suite répondu. J'étais surprise par ta rapidité et ta proximité.

Jérôme. J'aime répondre aux gentils retours *(rires)*.

Madelline. On a continué à se parler et quand, pour des raisons personnelles, j'ai supprimé mon compte IG, on est restés en contact par mail puis on a fini par se voir, peu de fois, car je n'habite pas Paris. Je voulais rencontrer en *live* un auteur que j'aime beaucoup (*Magical London*, publié chez Alter Real, OMG, j'ai adoré). Et quand, fin 2022, tu m'as informée que tu avais récupéré les droits de cette histoire qui m'avait bien fait rougir, juste après ton voyage en Californie et notamment dans ma ville natale (San Diego), je t'ai proposé de t'aider à la réécrire, car c'est ce que tu avais en tête depuis un moment déjà.

Jérôme. J'avoue n'avoir jamais eu l'idée d'écrire quoi que ce soit, du moins en duo, mais je n'ai pas hésité longtemps. Car c'était toi, et que je connaissais ton envie d'écriture depuis longtemps. Le *feeling* était là. De plus, un cerveau supplémentaire, qui plus est d'une « fan » de mes écrits et d'une lectrice habituée d'histoires MxM, ne pouvait qu'être bénéfique !

Madelline. Et je ne te remercierai jamais assez de m'avoir donné ma chance ! J'ai passé un temps absolument délicieux à reprendre ce récit dans sa quasi-totalité avec toi. Nos idées fusaient dans tous les sens, c'était drôle et enrichissant !

Jérôme. Tes idées étaient tellement bonnes, qu'on s'est dit : « Tiens, et si on tenait là une saga à venir ? » D'où le fait qu'on a changé le titre…

Madelline. Oui ! Chers lecteurs, vous avez maintenant affaire ici à une histoire fantastique au rythme endiablé et beaucoup plus dense que la précédente. Avec plus de descriptions, une scène coquine plus explicite, et des légendes mythologiques plus développées.

Jérôme. Le titre a donc changé, mais aussi la couv (normal). J'y tenais, pour une question de cohérence. Et aussi pour vous *hooker*[1], vous, chers lecteurs et chères lectrices.

Madelline. Et quelle couv ! Natasha a fait un travail remarquable !

Jérôme. Depuis le temps que je voulais travailler avec elle ! Et je ne regrette pas une seconde. Quelle beauté que cette couv ! Et aussi, l'autre changement le plus important étant le nom qui y figure…

Madelline. *(Rougit.)*

Jérôme. Normal, tu as quasiment tout réécrit et tu as donné un souffle nouveau à cette histoire, que

---

1 *Pour susciter votre intérêt, en français.*

j'ai entièrement validée. C'était naturel que ton nom apparaisse en premier. En plus, je connais tes idées pour d'autres histoires et je dois avouer qu'on tient là une saga MxM qui a beaucoup à offrir aux lecteurices dans les mois et années à venir…

Madelline. Oh merci Jérôme pour ta confiance. Ça me touche tellement ! Et, il me semble que tu voulais rajouter quelque chose, une confidence ?

Jérôme. Oui ! Je vais enfin pouvoir avouer quelque chose que je n'ai jamais révélé publiquement au sujet de cette histoire. Un secret, et pas n'importe lequel. À l'époque, c'était en janvier 2019, le concours était arrivé à point nommé pour me changer les idées. Car le personnage principal que vous allez découvrir, Jérémy, c'est (en bonne partie) moi. Jérémy/Jérôme. Vous l'avez ?

L'histoire du message assassin reçu sur WhatsApp ? (Je ne vous *spoile* pas, ce sont les toutes premières lignes du récit.) Elle est aussi vraie. Cette situation, je l'ai vécue. J'ai copié-collé le message. J'étais dans un tel état de déprime que ce concours m'a changé les idées et m'a permis, comme une thérapie, d'évacuer cette affaire de cœur. D'autres choses sont aussi à préciser : Jérémy dans ce texte, c'est moi qui parle. Ceux et celles qui me connaissent en privé ont tout de suite reconnu mon ton dans les dialogues de Jérémy. Étant moi-même gay à Paris, j'en ai vu, des choses, et la plupart sont ici référencées dans ce récit. Pourquoi vous préciser cela ?

Attention, je vais taper dans la botte de paille : j'ai lu beaucoup de récits queers (épicés ou non) qui, à mon sens, ne parlaient pas de la réalité du milieu, qui plus est à Paris.

Madelline. On a eu des heures et des heures de débat à ce sujet *(rires)*. Décrire la réalité au risque de dérouter ? Ou la fantasmer pour ne pas faire fuir nos lecteurices ?

Jérôme. Sauf que, c'est ce que je dis, en tant que gay, je ne me retrouvais dans aucune histoire écrite jusqu'ici... Certes, ma vie parisienne n'est pas la référence absolue du monde, je le sais. Mais que voulez-vous, en tant qu'homme cis gay, je ne me retrouvais pas dans ces récits jusqu'à présent. Je trouvais la plupart des histoires que j'ai lues beaucoup trop à l'eau de rose, trop simples dans le rapport amoureux, trop gentilles envers certaines personnes... et surtout complètement déconnectées de la réalité du terrain.

Être gay, bi, pan, hétéro et autres : on a tous les mêmes soucis, à différents niveaux ! On a tous connu les mêmes personnes toxiques, on a pris des râteaux, on a eu des hauts et des bas. Et non, le sexe n'est pas une chose aisée non plus. Je n'ai jamais trouvé un récit qui me parlait, à moi, homme gay cis.

Dans ces histoires, le sexe est toujours facile, y a jamais de malaise, jamais de sueur, et... c'est « trop propre ». Je ne parle même pas des descriptions « de la scène » où, dans la plupart des romans, la réalité des corps masculins et des « sens » est souvent ignorée…

Madelline. Autant tu étais plus « cru » à l'époque, mais là je t'ai aidé à nuancer certaines phrases… *(Sourire.)*

Jérôme. Oui, et j'ai bien aimé le résultat ! Car on ne tombait pas, avec toi, dans le piège du fantasme. Alors, dans cette histoire, j'ai développé ce que je n'avais pas pu écrire la première fois : une relation naissante, avec ses hauts… mais surtout ses bas. Les rapports qui peuvent vous faire passer d'un état de *bubble-gum* à celui de l'angoisse. Les décisions prises à la hâte, ensuite. Le mal-être ressenti, voire la gêne, pour connaître ensuite la remontée, et se reconstruire afin d'avancer. Vous ne le verrez pas forcément au premier coup d'œil, mais croyez-moi, retirez la partie fantastique de ce récit (OK, c'est 80 % du truc) et vous lirez une histoire très touchante comme il en existe des milliers… à Paris comme ailleurs. Une histoire queer. On espère en tous les cas que cette mouture vous plaira. Si oui, n'hésitez surtout pas à le dire sur les sites marchands et sur les réseaux sociaux, en attendant que Madelline revienne sur IG…

Madelline. Ça n'est pas prévu, mais comme tu m'as ouvert l'accès à ton compte IG, c'est tout comme. *(Sourire.)* En tous les cas, bonne lecture à vous. Et dites-nous si vous avez envie de lire d'autres histoires de

Zacharie et Jérémy, car j'ai plein d'idées d'épisodes sous ma botte.

Jérôme. Je vous l'ai dit, on ne la retient plus ! *(Rires.)* Et, oui, bonne lecture à tous et à toutes, et à très bientôt pour de nouveaux récits !

Jérôme & Madelline.

Commentaire Amazon publié en 2019 quand l'histoire est parue dans un recueil de nouvelles, dans sa version raccourcie :

« *Un texte chaud, sensuel et sexy au sein d'un univers absolument génial. Franchement, j'arrive à la fin et je me dis : "j'en veux plus". Je veux plus d'aventures de Zacharie, l'expert en art, et de Jérémy.* » **Marie**

Marie,
Madelline et moi vous avons entendue.
Bonne lecture !

Chapitre 1
Avancer malgré tout

WhatsApp. De : Maxime.

Jérémy. Je suis désolé d'avance car je sais que ce message va te faire du mal. Je te connais trop bien. Mais avant toute chose, je dois te rappeler que je t'apprécie vraiment. À tes côtés, j'ai pu me reprendre ces dernières semaines et surmonter ma dépression. Merci pour ton soutien. Mais sache aussi que… je suis en plein processus d'engagement envers quelqu'un d'autre. Il est comme toi, mais les sentiments… ça ne s'explique pas. Je me sens attiré par lui. Si je vais mieux et que je m'ouvre plus maintenant, c'est grâce à toi. En tous les cas, j'espère que tu ne m'en voudras pas…

Ce message à l'arrière-goût de cruauté romantique reçu sur WhatsApp, Jérémy le relisait ardemment, en boucle, le pouce défilant sur l'écran comme pour attendre qu'un nouveau s'affiche. Un, peut-être, qui dirait :

« Non, mais Jérémy ! En fait, c'est con ce que je fais. C'est une erreur ! Putain, je suis nul ! Mais qu'est-ce que je t'ai envoyé ? Je n'aurais pas dû ! Tu m'excuses ? »

Suivi d'un :

« Je viens chez toi ce soir ? Je ramène ton champ' préféré et on en parlera ensemble, toute la nuit même si tu veux. »

Accompagné des émojis aubergine et gouttelettes.

Mais non, rien d'autre n'arriva. Jérémy, apprenti conservateur de trente-trois ans au prestigieux musée du Louvre, grand, physique de *boy next-door*[2], la tête bien faite, sur les épaules et sûr de lui, n'avait pas su quoi répliquer sur le moment. Il était rare qu'on lui coupe la chique, mais l'uppercut sentimental avait été tel qu'il vivotait depuis quelques jours dans un état de K.O. Aurait-il seulement dû y répondre, tant le choc avait été immense ?

Cette horrible missive qui lui déchirait les entrailles à chaque fois qu'il la relisait et qui l'empêchait parfois de respirer, il l'avait reçue de Maxime, le jeune homme

---

2 *Garçon d'à côté.*

duquel il s'était entiché ces derniers mois. Leur complicité avait commencé quand ce dernier l'avait contacté par le biais de la messagerie d'Instagram (Maxime l'avait trouvé grâce à des amis connectés en commun), « comme ça », de temps en temps, pour parler de tout et de rien, à l'époque où ils se croisaient au même cours de fitness, dans la salle de sport la plus *gay-friendly* de la capitale. Maxime savait qu'il était beau et en jouait. Personne n'était dupe quant à sa fausse modestie quand on lui faisait comprendre qu'il était un garçon attirant. Il avait conscience du regard des hommes et se doutait que bon nombre d'entre eux rêvaient de le compter parmi leurs conquêtes, que ce soit pour une vie ou pour une nuit. Partout où il se montrait, il était désiré.

Sociable, il avait fini par approcher Jérémy qui le zieutait de temps en temps au sport, alors que ce dernier n'osait pas faire le premier pas. À la grande jalousie de beaucoup. Pour le jeune assistant du Louvre, ça avait été comme un déclic sur le moment : l'un des garçons les plus attirants de la capitale lui parlait et semblait s'intéresser à lui, voire plus si affinités. Après quelques messages sans conséquence, ils s'étaient vus en vrai et avaient commencé à partager des cafés. Puis des concerts. Et le sexe, aussi inattendu qu'espéré pour Jérémy. Ça avait été un feu d'artifice chaque fois.

Sa beauté seule ne le caractérisait pas; c'était quelqu'un de charmant, d'intelligent, de cultivé, gardant secrète une partie de sa vie. Le genre de garçon propret sur lui, poli, toujours bien habillé, qui plaisait aux mamans et aux grands-mères. Cette combinaison de choses avait atteint le cœur de Jérémy sans préavis, malgré la mise en garde de ce nouvel amoureux aux faux airs d'Apollon qui avait été clair dès le début de leur relation. Il lui avait avoué ne pas souhaiter se mettre « en couple », car il sortait d'une histoire compliquée avec un homme plus âgé avec qui il avait vécu quelque chose de fort, et qui s'était mal terminée. Il ne voulait qu'un ami avec, de temps en temps, du sexe. Un *sex-friend*, en somme. Mais Jérémy avait commencé à éprouver malgré tout quelque chose qui allait au-delà de la complicité intime. Il s'en était épris, bien que ce ne fût pas réciproque.

Alors, peut-être que les sentiments ne s'expliquaient pas en vrai ; mais Jérémy croyait moyennement à cette idée, lui si terre à terre, avec une réponse rationnelle à tout.

Passée la sidération à la lecture du message, il avait senti ses jambes flageoler et dû rapidement s'asseoir pour réaliser la chose. Il avait pleuré, aussi. Beaucoup. Jamais un texto sur WhatsApp ne lui avait infligé une telle douleur. Ça avait été un coup de poignard. Maxime lui avait fait vivre un rêve éveillé pour ensuite lui arracher le cœur de la poitrine (comme le méchant dans *Indiana Jones et le Temple maudit*), l'ouvrir en deux, cracher dedans, le piétiner à pieds joints, rouler dessus en camion, avant de l'imbiber d'essence et de le réduire en cendres en un clic de briquet.

Après le choc et les pleurs, l'indignation était montée d'un coup, quelques jours à peine après la réception de ce message que Jérémy jugeait injuste. Le temps que la sœur chagrin laisse sa place à celle de la colère. Ainsi, l'un des dandys les plus en vue de la capitale vivait à présent avec quelqu'un ? Il avait bien vite changé d'avis ! Jérémy avait eu droit au verset que beaucoup trop de personnes avant lui avaient entendu : « Non, pas de couple stp, je ne veux pas de ça en ce moment, je sors d'une relation compliquée. » Et maintenant, ce goujat « aurait déniché un "mec comme lui" envers qui il a développé des sentiments ». Sérieusement ? Un « mec comme lui » ? C'était quoi cette phrase ? Il avait trouvé le jumeau de Jérémy et le préférait à lui ? Si ça n'avait pas été rédigé dans l'unique but de le blesser, c'était pour quoi d'autre ?

Ainsi, Jérémy comptait pour du beurre ? Il n'avait été qu'une passade ? Un psy gratis à qui il aurait accordé l'aumône avec le sexe pour paiement ?

Le jeune assistant fulmina des jours. Comment Maxime avait-il pu lui envoyer un tel message ? Quand bien même c'était vrai, ça ne s'écrivait pas. Il avait fait preuve d'un manque de tact terrible ; la marque des garçons brillants, à qui la société pardonne toujours tout parce que solaires. Jérémy avait envie de hurler, voire de retourner son appartement dans une rage folle, mais il n'en avait pas eu la force. Lui, si organisé dans sa vie et chez lui, était déjà fatigué rien qu'à l'idée de nettoyer ce qu'il aurait cassé.

Affalé à son poste, dans un minuscule bureau à la douce odeur de poussière mêlée à l'encens, surchargé d'une montagne de livres et autres documents qui tordaient les trop nombreuses étagères, Jérémy soupirait en relisant son message.

Caroline, l'une de ses plus proches amies et collègues, entra en trombe, une cigarette à la bouche et des dossiers sous les bras. Il était pourtant interdit de fumer, mais elle s'en fichait. Sa force de travail et son génie créatif de la mise en scène des expositions avaient permis au musée de redresser les comptes en quelques années seulement, et ça valait bien de fermer les yeux (et son nez) face aux effluves de cendres qui empestaient l'étage.

La trentaine entamée, blonde, longiligne, les iris bleus perçants, elle avait un look bobo-chic très tendance, au contraire de Jérémy qui affichait un style plus strict *chemise-cravate-gilet.*

Quand elle surprit son collègue avec son regard de chien battu face à son téléphone, elle roula les yeux au ciel en poussant un grand soupir :

— Tu es encore en train de relire ses messages ? Ma parole, même moi tu vas me déprimer ! l'invectiva-t-elle en posant ses dossiers avec fracas sur son bureau encombré, tout en écrasant sa cigarette dans un cendrier surchargé.

— Je sais… maugréa-t-il, sans lever la tête.

C'en était trop, y compris pour cette force de la nature qu'était Caroline. Elle se jeta sur lui en un quart de seconde et lui confisqua son portable des mains.

— Hey, rends-le-moi !

— Non.

Ce « non » était sorti de façon si brute et avec un regard noir soutenu que Jérémy ressentit un frisson. Il connaissait cette Caroline-là, déterminée et prête à en découdre. Il savait qu'il ne devait pas la chercher.

— Je ne te le redonnerai pas tant que tu ne feras pas l'effort de passer à autre chose ! lâcha-t-elle.

— Tu es marrante, toi ! Je me suis fait larguer comme une merde et tu veux que j'oublie tout, en deux jours ?

— Larguer, larguer… Encore aurait-il fallu que tu sois en couple avec lui.

C'était la phrase *coup-de-couteau-dans-le-cœur* que Jérémy ne voulait absolument pas entendre. Caroline, réputée pour son franc-parler, se doutait qu'elle ferait mouche. Voyant son meilleur ami ouvrir la bouche et devenir rouge de fureur, elle resta stoïque et attendit sa réponse en guise de défi. Finalement, rien ne sortit. Jérémy se calma et sombra de nouveau sur sa chaise, plus déprimé encore. Elle baissa d'un ton et s'approcha de lui en lui restituant son téléphone.

— Jérémy, je comprends ce que tu vis, crois-moi. C'est dur. Il va falloir que tu apprennes à digérer ça. Je te rends ton portable à la condition que tu bloques ses messages et que tu cesses de ressasser cette conversation maudite, OK ?

— D'accord… soupira-t-il sans grande conviction.

— Je suis consciente que c'est plus facile à dire, mais franchement, lâche-le. Arrête l'affaire. Ce mec avait l'air bien de prime abord, mais il s'est foutu de toi, et c'est la réalité. Il n'en vaut pas la peine.

— Je sais ce que tu penses de lui…

— Ouais, j'espère bien ! OK il était beau, cultivé, intelligent, mais il a joué avec tes sentiments après s'être clairement servi de toi. Il t'a pompé toute ton énergie pour qu'au final il aille mieux et voie ailleurs. Faut que tu te le rentres dans le crâne. C'était un profiteur. Et puis… il était trop jeune !

Jérémy tiqua sur ce dernier point.

— Jeune, jeune… OK, il a neuf ans de moins que moi, mais ça ne signifie rien.

— Ça veut surtout dire qu'à cet âge il se croit tout permis, oui ! Ces mecs s'engagent souvent par opportunisme, et on en a déjà parlé. Comme par hasard, il se met en couple avec un autre « qui te ressemble ». Je te parie que cet autre est plus fortuné que toi !

— Ça veut dire quoi ?

— Franchement Jérémy, ce que tu es naïf. Ce gars n'a quasiment jamais bossé de sa vie, n'a pas terminé ses études de droit et se case avec des hommes plus matures dotés d'un très bon train de vie. Non, je te le redis, ce mec, je ne le sentais pas depuis le début, et j'avais raison ! Il était trop beau et trop propre sur lui pour que ça ne cache pas quelque chose.

Jérémy ne réussit pas à se sortir Maxime de la tête et tripota son téléphone avant de le ranger dans sa poche. Caroline, le voyant ruminer encore, tenta un ultime appel à motivation.

— Et puis, on a d'autres chats à fouetter que de s'occuper de ce bouffon ! Je te rappelle qu'on a *THE* événement à terminer pour demain, la nuit d'Halloween. Abernathy est stressé et si tout n'est pas en place pour sa soirée, on va tous être bons pour le chômage.

— Ouais, tu as raison, répondit Jérémy avec aplomb. On a trop galéré sur cette expo et cette soirée !

— Et avec tout ce que l'Irak nous a prêté, on ne doit pas se louper. Tu viens ? On doit aller vérifier la galerie maintenant.

Jérémy se leva d'un coup, motivé et galvanisé, et suivit Caroline, pressée de dévaler les escaliers qui menaient au département des Arts orientaux. Ils avaient pour mission d'assister leur directeur, l'exubérant conservateur anglais James Abernathy, un francophile averti.

Entre les différents bureaux du musée, une guerre acharnée était livrée en secret. Celui ou celle qui aurait l'idée la plus incroyable qui déplacerait les foules serait avantagé en interne. La vénérable institution, bien que soutenue financièrement par le ministère de la Culture, devait sans cesse renouveler son offre pour remplir les caisses, car les entrées, nombreuses (en grande partie grâce aux touristes), et les recettes de la boutique ne suffisaient pas.

Ainsi, ces dernières années, plusieurs expositions thématiques avaient fait le tour du monde en matière de notoriété, Beyoncé et Jay-Z y avaient filmé un clip dingue à la viralité folle[3], AirBnB avait proposé une nuit exceptionnelle pour dormir sous la pyramide du Louvre... Autant d'animations qui avaient permis au prestigieux établissement de briller. Mais elles ne devaient pas occulter la raison d'être même du musée : faire découvrir ses œuvres permanentes, réparties sur des kilomètres carrés de galeries, comme exhiber des collections temporaires événements, à l'image de la rétrospective Léonard de Vinci en 2019. À la fin de cette année-là, quelques mois avant le confinement, il avait fallu réserver sa visite parfois... jusqu'à quatre mois ! Ça, le Louvre adorait.

---

3 *The Carters - Apeshit*

Avec ce qu'il avait rapporté d'Irak à la suite à de longues années d'âpres négociations au sein de ce pays toujours instable d'un point de vue politique, James Abernathy était à la fois extatique et stressé. Tiré à quatre épingles, coiffure argent travaillée en bouclettes et port altier parfait, ce Britannique issu de l'aristocratie enchaînait les cent pas dans la grande salle principale où la soirée de gala « Halloween — Mythes et chefs-d'œuvre orientaux » était prévue. Il assistait, anxieux, à l'édification des différentes reliques sur lesquelles s'activait une dizaine d'employés, se sentant inutile et démuni face au temps qui s'écoulait beaucoup trop vite. Jérémy et Caroline le trouvèrent au milieu des nombreux artefacts toujours en cours d'installation, et s'approchèrent de lui. Ils ressentaient sa panique.

— Monsieur Abernathy, tout va bien ? demanda Caroline.

— Mais non ma fille, rien ne va ! Regardez tout ça, répondit-il, fébrile et au bord de la crise de nerfs, en agitant ses bras dans tous les sens. Ça a beau avancer pour le gala de demain, mais rien n'est terminé encore. J'ai l'impression que cette soirée sera un ratage complet !

Le conservateur s'inquiétait et cela transpirait de tous ses pores. Jérémy et Caroline avaient remarqué son changement de comportement depuis son retour d'Irak, lui d'habitude si calme et flegmatique. Il paniquait pour un rien et son humeur s'assombrissait de jour en jour. La veille de l'événement mondain, il semblait au bout du rouleau, et les deux jeunes assistants mirent tout sur le compte du stress.

— Monsieur Abernathy, ayez confiance en nos employés, essaya Jérémy. Tout est installé par les équipes spécialisées selon vos demandes. Regardez autour de vous, tout sera prêt à temps pour demain soir, soyez tranquille !

Le conservateur tourna sur lui-même et, malgré sa méfiance et des bras balancés dans les airs de temps en temps au rythme d'expirations exagérées, il ne pouvait que constater que ses collègues avaient raison.

— C'est vrai... Je... Je ne sais pas ce qu'il me prend... C'est énorme ce qui nous attend ici. Il y a tellement de pression. Tout doit être parfait, vous comprenez ? Trop d'argent a été investi et la rentabilité va se jouer presque sur la seule soirée de demain !

— Nous sommes au courant, lui confirma Caroline en lui touchant l'épaule. Et si vous veniez avec nous pour boire un thé et souffler un peu, ça vous dit ?

— Euh... Oui... Ce n'est pas une mauvaise idée.

Pour James Abernathy, une pause thé n'était jamais une mauvaise idée, quelle que soit l'heure de la journée. Caroline et Jérémy connaissaient assez bien leur directeur pour savoir que c'était le remède idéal à sa montée en pression. Tous trois laissèrent ainsi les régisseurs d'art terminer leur travail dans leur brouhaha plutôt que de les regarder œuvrer.

Alors qu'il tournait lui aussi les talons, Jérémy ressentit un frisson et s'arrêta net. De leur côté, Caroline et Abernathy s'éloignaient vers les ascenseurs. C'était comme si un courant d'air très frais venait de lui caresser la nuque. Le jeune homme se retourna et parcourut la salle des yeux, cherchant la moindre fenêtre ouverte. Il pivota encore sur lui et se retrouva face à l'une des œuvres maîtresses de la future exposition. Une énorme amphore en argile, haute de plus d'un mètre et pesant plus de deux cents kilos, refermée par un lourd bouchon de bronze, ce qui était tout à fait inhabituel, bouchon sur lequel était gravé un visage terrifiant, celui d'une créature issue des religions abrahamiques : le djinn.

C'était le *Vase de Varakk*.

Il admira la relique, ancienne de plusieurs milliers d'années, comme hypnotisé. Il s'en approcha, regarda à droite et à gauche par moments, avec l'étrange sensation d'être épié. Sauf que personne ne lui prêtait attention. Il s'avança, comme si entre lui et l'amphore, une connexion s'établissait. Jérémy n'entendit plus le brouhaha de l'installation et paraissait envoûté. Ses tympans bourdonnaient. Il avait l'impression d'être seul au monde. Sa main droite se leva pour effleurer l'artefact, comme dominée par l'envie irrépressible de le caresser. Un murmure sombre et lointain siffla dans ses oreilles. Enivrés, son pouls et sa respiration s'accélèrent.

— Jérém ?

Caroline avait bondi sur son collègue. Le jeune homme sortit de sa torpeur, comme si un brouillard s'était subitement dissipé. Il entendit de nouveau le vacarme des employés autour de lui.

— Qu'est-ce que tu foutais ? Tu es dingue ? Pas touche ! Si Abernathy t'avait vu, il t'aurait fusillé, et pas que du regard ! Allez, viens, on doit l'aider à redescendre en pression sinon demain soir, il sera infernal.

Jérémy paraissait confus. Il n'avait pas eu le temps de répondre, déboussolé, comme si on lui avait coupé la parole. Branché en mode automatique, les joues rouges de honte, il suivit au pas de course Caroline pour s'engouffrer dans l'ascenseur où se trouvait déjà le conservateur, plus déprimé encore que quelques minutes auparavant.

Le jeune assistant se força à sourire face à son patron et fuyait Caroline du regard. Quelque chose le troublait et il avait du mal à sortir de son état. Était-il entré en transe ? Avait-il été attiré par cette relique ?

La journée avait été longue pour tout le monde. À quelques heures de la cérémonie, tout avait été installé et vérifié à l'intérieur de la salle du département des Arts orientaux et l'équipe de ménage allait prendre le relais pour tout nettoyer et polir durant la nuit.

Dans cette belle et immense pièce carrée située en partie au sous-sol, aux hauts murs en béton et au plafond de verre, étaient disposées une centaine d'œuvres diverses prêtées, dans leur grande majorité, par l'Irak. Le pays s'affichait ouvert à la culture et aux échanges internationaux, même si tout le monde savait qu'il restait encore instable. Surtout depuis le retrait des troupes américaines, qui s'était décidé presque du jour au lendemain en décembre 2021, laissant une région exsangue après dix-huit ans de guerre.

Il y avait des lampes à huile, des bouteilles de vin, des sculptures de toutes tailles et des arts de la table placés de façon stratégique. Ces artefacts, pour certains datant de plusieurs milliers d'années, respiraient bon l'Histoire grandiose passée. Le conservateur anglais avait pris soin de raconter l'Irak, l'un de ses pays préférés, sur une période s'étalant sur plusieurs siècles, au travers de cette centaine d'objets d'exception. Avec, au centre de la salle, le majestueux *Vase de Varakk*, qui dominait l'exposition de par son imposante stature.

Jérémy et Caroline avaient passé le restant de la journée à s'assurer de la venue des invités d'honneur pour le gala avant d'enfin rentrer chez eux à la nuit tombée. Ils avaient laissé Abernathy seul dans son bureau qui devait encore boucler des choses à quelques heures de cette soirée du 31 octobre qui s'approchait maintenant au pas de course.

Quand il quitta son office vers minuit, le directeur se dérouta vers la rétrospective qu'il était sur le point de révéler au monde. Il y croisa les personnes responsables du ménage en train de chasser le moindre gramme de poussière, bien que dans cet endroit séculaire, cela relevât presque d'une gageure. Il esquissa quelques sourires polis à l'intention des employés qui emballèrent leurs affaires et désertèrent le site.

À présent seul dans cette grande pièce plongée dans la pénombre, Abernathy apprécia son exposition, celle qu'il avait conçue durant des années. Le lieu était à peine éclairé par les petites lampes sur les étagères chargées d'œuvres d'art ainsi que par la pleine lune qui brillait à travers la voûte vitrée, conférant une aura presque mystique à la rétrospective. Abernathy ne pouvait s'empêcher d'inspecter les installations une à une du doigt et vérifia une dernière fois que tout avait été bien placé selon les plans qu'il avait dessinés. Dans cet endroit calme, seules ses talonnettes résonnaient à chacun de ses pas sur le sol en grès.

Tombé amoureux des cultures de l'Irak jeune, il avait toujours voulu rendre hommage à ce pays meurtri par des décennies de dictature et de guerres. Les objets exposés ici, il les avait tous choisis, cherchés et même négociés durement. Ils racontaient tous une histoire glorieuse passée.

Son regard accrocha l'imposante pièce maîtresse de la galerie, le vase du djinn. Abernathy s'était souvent senti attiré par cet objet gigantesque, surtout depuis qu'il l'avait rapporté en personne, à bord d'un bateau spécial affrété par la marine française.

Chapitre 2

La rencontre

Deux mois plus tôt.

— Vous êtes sûr que vous ne voulez pas nous rejoindre sur le pont ? hurla le capitaine pour se faire entendre.

Le bruit des machines combiné à celui d'immenses vagues dehors résonnait de façon assourdissante dans les cales du bateau. La tempête faisait rage et la mer était démontée.

— Non, ça ira, merci ! Il faut que j'inspecte encore une fois tout ce qu'on rapporte à Paris, s'égosilla à son tour Abernathy, toujours tiré à quatre épingles et propret malgré le déchaînement de la nature.

— D'accord, je vous laisse. Mais ne restez pas trop longtemps ici, vous pourriez tomber malade ou chuter ! Je veux vous voir là-haut avec nous dans dix minutes, OK pour vous ?

— Promis !

Le capitaine remonta sur le pont avec difficulté, par les escaliers, s'agrippant aux rampes pour tenir tête au roulis. Entre les tôles qui rugissaient contre les vagues, la violence de l'océan et les crissements d'acier peu rassurants, les bruits donnaient l'impression que leur petit cargo allait bientôt se déchirer.

Il laissa ainsi Abernathy au milieu des caisses dantesques qui avaient été empilées et accrochées avec précaution pour éviter tout dommage irréversible lors de la traversée vers la France. Rien n'avait pour l'instant chuté. Face à sa montagne de colis, le conservateur espérait que l'ensemble tiendrait le coup, le temps que la météo se calme.

Parmi tous les artefacts posés et maintenus en place au sein de ce monticule de trésors venus d'Orient, un seul n'avait pas pu être emballé, officiellement à cause de sa taille et de son poids. Sanglé de toutes parts telle une momie, le vase du djinn trônait « à nu » au fond de la cale, entre toutes les autres boîtes.

Le prétexte du poids et de la taille avait été vite trouvé par Abernathy pour justifier cette importation sans protection auprès du capitaine qui s'inquiétait pour les polices d'assurance. En réalité, à cause de fortes croyances régionales, le conservateur n'avait pu faire appel à quelqu'un sur place, en Irak, pour réaliser une caisse en bois sur mesure. Il avait toujours trouvé porte close, notamment celles des menuisiers locaux, car ces derniers s'étaient montrés terrifiés face à l'amphore de Varakk et avaient tous refusé de travailler dessus.

« Je ne veux pas attiser la colère du démon ! » avait-il souvent entendu. Abernathy avait donc pris la décision, à l'aide de collègues irakiens moins superstitieux, de sangler l'impressionnant vase avec des câbles solides dans le bateau afin d'éviter tout accident qui aurait pu endommager l'artefact. L'opération, périlleuse et lourde en responsabilités, avait duré plusieurs heures.

Abernathy, qui tentait de garder son équilibre, consulta sa pièce maîtresse et s'en approcha, fier. Des années qu'il travaillait sur l'élaboration de cette exposition d'exception avec les autorités irakiennes ! Et le résultat, une centaine d'objets collectés environ, en valait la chandelle. Le Tout-Paris discuterait de cette collection, à n'en pas douter. Peu de rétrospectives dans la Ville Lumière avaient créé l'événement depuis longtemps ; une dizaine, tout au plus, sur les deux dernières décennies. La sienne connaîtrait le succès !

Il avait pu négocier la plupart des artefacts sans problème, même si les échanges avaient duré plusieurs années. Car marchander un « prêt » auprès des musées régionaux, voire chez de riches particuliers, n'était jamais chose aisée dans le milieu si fermé de l'art. Mais au final, il avait réussi.

Jusqu'à ce jour où il tomba complètement par hasard, dans sa quête de pièces rares, sur un objet qu'il n'avait jamais vu. Cachée dans la cave d'un ambassadeur fortuné local peu scrupuleux, le *Vase de Varakk* reposait à l'abri des regards. Quand il fut invité chez son propriétaire par l'entremise d'un conservateur du pays, Abernathy avait été stupéfait par les dimensions dantesques de cette amphore. Il n'en avait jamais observé d'aussi grosse ! La gravure du visage du djinn sur le bouchon de bronze ainsi que sur l'une des faces du vase lui rappelait Médusa, l'une des Gorgones de la mythologie grecque, aux cheveux de serpents. D'après la légende, gare à ceux qui croisaient son regard lorsque sa tête s'affichait à découvert, car ils étaient aussitôt pétrifiés.

Quelque chose avait tout de suite séduit Abernathy quand il vit le vase. Dans la foulée, il n'avait pas tardé à demander une authentification. Les résultats de l'étude, tombés quelques semaines après, avaient prouvé qu'il s'agissait bien d'une pièce datant de centaines d'années avant Jésus-Christ, mais cette validation au carbone 14 n'expliquait pas la volonté diplomatique acharnée d'Abernathy pour la rapatrier à Paris. C'était ce qu'elle évoquait chez les habitants quand Abernathy en causait.

Il avait vu la réaction de la plupart d'entre eux. L'un lui avait même hurlé : « Ne prenez jamais cette amphore ! Ou le mal s'abattra sur vous ! Jamais ! » Une telle superstition aussi ancrée dans les mentalités l'avait poussé à s'interroger. Pourquoi les locaux en avaient-ils si peur ? Avaient-ils raison ? Jusqu'au jour où il découvrit une légende très ancienne.

D'après les mythologies locales, cette énorme amphore aurait été « le personnage central » d'une guerre mythologique passée, dans laquelle des « créatures magiques » auraient pris part à un combat décisif aux côtés des humains. Abernathy sourit, car il adorait les folklores sans forcément y croire.

Varakk, le djinn dont la tête était gravée sur la paroi du vase et sur son lourd bouchon de bronze, aurait été invoqué par un ancien roi désireux d'acquérir puissance et vie éternelle. L'esprit dont personne ne connaissait la véritable apparence, appelé également « Éfrit » pour désigner un génie malfaisant, aurait écouté ses demandes et exaucé ses vœux. Mais le souverain aurait été dupé. Les premiers jours, ses souhaits s'étaient certes réalisés. Il s'était senti revigoré, comme possédé d'une seconde jeunesse. Il avait été doté d'une force physique incroyable. Galvanisé, il avait lancé ses armées à l'assaut d'autres pays frontaliers pour les gouverner. Cela avait duré quelques mois qu'il avait vécus victorieux.

Mais très vite, ses vœux se seraient retournés contre

lui. En réalité, ce génie malfaisant aurait trompé le roi en lui faisant miroiter des rêves de gloire, en lui décidant — sans l'en avertir — une date de fin. Ses déconvenues guerrières s'étaient enchaînées, sa vitalité s'était évanouie, et sa force physique l'avait quitté. Un jour, alors épuisé et à terre, malingre et affaibli, sur le point d'être déchu, il avait fait face à Varakk qui s'était de nouveau présenté à lui. En prenant de haut ce roi qui le suppliait, à ramper au sol et à lui baiser les pieds, l'esprit malin l'aurait refoulé et lui aurait enseigné que formuler des vœux était en réalité dangereux. Car les demandes, souvent cupides, vous expédiaient directement en enfer. Ainsi, le monarque aurait provoqué le courroux du démon qui l'aurait envoyé dans l'un des nombreux enfers existants, celui réservé aux personnes avides, pour y subir une éternité de souffrances.

Varakk était bel et bien l'un des rares djinns maléfiques qui servaient le Mal. Il n'attendait qu'une chose chaque fois qu'on l'implorait : sortir de sa prison d'argile et de bronze pour enjoindre aux Ténèbres d'envahir la planète Terre.

Le roi désormais écarté, Varakk aurait ouvert un passage vers un Autre Monde, terrifiant. Et invoqué dans la foulée les monstres des enfers pour éliminer les mortels et préparer le terrain à son maître suprême afin de prendre leur place. Des nuages immenses auraient couvert tous les pays du globe d'un coup, immergeant la Terre dans l'obscurité du jour au lendemain. La fin de la civilisation telle qu'elle existait à l'époque approchait.

Sauf que le réveil de Varakk en aurait provoqué un autre, celui de Bolaam. Le Yin ne peut pas vivre sans le Yang…

La légende raconte qu'un autre génie, répondant au nom de Bolaam, serait intervenu pour contrer Varakk alors que ce dernier commençait à plonger les humains dans le chaos des ténèbres. Surgi à dos d'un Bahamut, un dragon mythologique de taille dantesque et d'une force immémoriale, le fabuleux guerrier se serait battu aux côtés de créatures surnaturelles et puissantes missionnées uniquement pour protéger la Terre, et qu'il aurait appelées à l'aide d'un talisman ancestral magique.

Au terme d'une bataille épique, Bolaam aurait réussi à enfermer Varakk dans son vase sculpté dans les profondeurs des enfers, à sceller le bouchon de bronze qui le refermait et à mettre fin au conflit.

Une histoire digne des 1 001 nuits qui avait enchanté Abernathy à sa lecture. Cette amphore, il la lui fallait à tout prix ! Dans la mise en récit qu'il comptait développer pour son exposition, il avait senti depuis le début qu'il lui manquait quelque chose. Maintenant, cette chose, il l'avait. Varakk, un conte magique, une légende qu'il ressortirait avec fierté à Paris pour épater la galerie, notamment lors des campagnes publicitaires sur la rétrospective. Une histoire comme celle-là allait forcément déplacer les foules et rapporter de l'argent dans les caisses du Louvre, au même titre que les expos événements égyptiennes qui avaient toujours eu la cote dans la capitale.

Dans la cale du bateau qui tanguait toujours autant, alors qu'Abernathy admirait en silence son amphore, une puissante vague claqua contre la coque. Le conservateur en perdit son équilibre et, manquant de tomber, il s'appuya sur le vase gigantesque qui n'avait pas glissé d'un iota grâce aux sangles. Mais le lourd bouchon de bronze, lui, avait bougé, de quelques millimètres. Un petit espace vide entre le récipient et l'extérieur venait de se former sans qu'il s'en rende compte.

Les yeux de la gravure du djinn brillèrent subitement d'une lumière éclatante. En se relevant, Abernathy se retrouva prisonnier de son champ de vision. Une énergie folle l'envahit et son corps se tétanisa. Face au visage qui rayonnait de plus en plus, le conservateur était électrisé. Il tenta d'ouvrir la bouche pour parler, mais aucun son n'en sortit. Ses yeux virèrent au blanc. En transe et hypnotisé, aucun de ses membres ne bougeait. Comme s'il venait de regarder Médusa et qu'il allait être sur le point de se changer en statue de pierre. À peine conscient, il entendit des murmures sombres, gutturaux, ancestraux, grommelés, qui pénétraient insidieusement son esprit. Sa bouche remua d'un dialecte ancien, alors qu'il était toujours appuyé au vase, comme possédé.

Ce n'était plus lui qui se trouvait dans la cale. Mais quelqu'un d'autre.

— Monsieur Abernathy, ça va ? appela le capitaine, inquiet. Quelque chose s'est cassé ? Mon équipage a vu de la lumière sortir d'en bas !

La lueur émise depuis le visage du djinn s'éteignit d'un coup. La possession du conservateur s'arrêta net. Ce dernier écarquilla ses yeux revenus à la normale. Appuyé encore au vase, il retira sa main, effrayé à l'idée d'abîmer l'artefact. Groggy, la bouche sèche, il n'arrivait pas à reprendre ses esprits. Que venait-il de se passer ? Avait-il été victime d'une absence ?

Du haut des escaliers, le capitaine ne voyait rien. Mais n'entendant aucune réponse de la part d'Abernathy, il descendit en quatrième vitesse, de peur que le conservateur eût chuté, ou pire. Il tomba nez à nez sur le professionnel du Louvre qu'il trouva pâle et titubant, comme si ses jambes ne parvenaient plus à le porter.

— Je… Je… Enfin, oui, je crois, répliqua Abernathy.

Le capitaine se rendait bien compte que le responsable du Louvre semblait perdu. La nausée des fortes houles, peut-être. Ça pouvait arriver à n'importe qui, même aux plus téméraires.

— Comme nous avons sérieusement tangué à l'instant, je me suis inquiété pour vous, lui répondit le commandant. Venez avec nous là-haut. Vous devez voyager avec les autres, sur le pont. Il en va de votre sécurité. En tant que capitaine, je me dois de jouer de mon autorité pour vous contraindre à me suivre, et maintenant s'il vous plaît.

Le conservateur, encore déboussolé, opina du chef

comme un enfant qu'on aurait grondé et l'accompagna, penaud. Laissant derrière lui seuls ses précieux artefacts dans la cale.

Désormais, plus tout seuls…

Chapitre 3
Réveils

Seul, dans la faible pénombre du musée, alors qu'il faisait déjà nuit dehors, Abernathy admirait le *Vase de Varakk*. Plus que quelques heures avant qu'il ne révèle au monde sa rétrospective et cette amphore majestueuse qui allait à coup sûr impressionner le public !

Sans que le conservateur s'en rende compte, l'ambiance dans la salle d'exposition devint peu à peu lourde et électrique. La lumière naturelle de la lune s'estompa. Les quelques petits lampions allumés sur certaines étagères baissèrent en puissance. Une obscurité voilait les lieux.

Soudain, les yeux du visage gravé sur le vase, celui du djinn, émirent d'intenses lueurs, faisant sursauter Abernathy. Il eut à peine le temps de réagir qu'un puissant rayon blanc jaillit de la bouche du génie pour venir le frapper au front.

Une force subite le retenait, le tétanisait et l'entravait. Quelque chose entrait en lui, sans lui laisser le choix, transperçant la pénombre de la galerie. Abernathy, debout et raide, hurlait de terreur ; il ne pouvait empêcher cette force de s'infiltrer dans sa tête durant de longues secondes.

Soudain, l'intense lumière laiteuse disparut, replongeant dans l'obscurité la salle du Louvre. Une mouche ne volait pas. Les yeux de la gravure du djinn finirent de rougeoyer, mais restèrent incandescents.

Abernathy se reprit.

Mais ce n'était plus lui.

Ses pupilles étaient devenues écarlates, son visage placide, et un léger rictus se dessina du coin de ses lèvres. Il posa un genou à terre, de façon solennelle, toujours face au vase. L'esprit démoniaque qui le possédait s'adressa à lui par la pensée.

— Oh race inférieure, prête-moi allégeance !

— Je suis à vous, maître.

— Aide-moi à sortir de cette geôle ! J'y ai trop longtemps été enfermé ! L'heure de ma revanche a sonné ! Tu sais ce dont j'ai le plus besoin pour reprendre mes forces, n'est-ce pas ?

— Oui. Il vous faut des vœux d'humains...

— C'est exact ! Je veux des souhaits ! Trouve-moi des terriens envieux qui contribueront à ma renaissance !

— Maître. Demain se tiendra la plus prestigieuse des soirées. Il y aura beaucoup de personnes, avant l'inauguration officielle. Je leur exigerai de vous en formuler…

— Bien ! Et je les réaliserai pour eux ! J'ai besoin du plus de désirs possible pour m'aider à sortir de cette prison. Des souhaits cupides, avares… Et ainsi ouvrir la bouche de l'Autre Monde. Une armée attend sa revanche et s'impatiente ici. Je compte sur toi !

— Soyez assuré, maître, que vous aurez ce que vous demandez. Demain soir, la Terre fera votre connaissance et ce sera grandiose !

La voix du djinn se tut et son emprise sur Abernathy se leva. Les yeux de la gravure s'éteignirent et le voile obscur qui avait plongé la pièce dans le noir se dissipa. La faible clarté de la lune éclaira la galerie, tout comme les petits luminaires.

Lentement, le conservateur reprit ses esprits. Perdu, la bouche sèche, il ne comprenait pas pourquoi il avait posé un genou à terre. Il se redressa, gêné, sans autre souvenir, et pensa à une absence. Cela l'inquiéta sur le coup, lui qui était hypocondriaque à ses heures. Il parcourut la pièce autour de lui pour voir si personne ne l'avait surpris, passa ses mains sur sa chemise et frotta nerveusement sa veste de costume. Encore troublé, il pivota, tâchant de se rappeler, mais rien ne lui revenait en tête. La fatigue devait se cacher derrière cette absence, se convainc-t-il.

Il regarda sa montre qui affichait 3 h 30 du matin et bondit. Plus d'une heure qu'il était resté ici ! Inquiet de ne pas être en forme pour la journée qui s'annonçait, il se décida à rentrer chez lui au plus vite, non sans inspecter une ultime fois les reliques installées à côté du *Vase de Varakk*. Demain sera un autre jour, pensa-t-il. Une fois la soirée de gala passée, il trouvera bien du temps pour souffler. Ce n'était pas maintenant qu'il devait relâcher la pression.

En quittant la salle après avoir éteint les dernières lumières, il ne se rendit pas compte que divers artefacts et objets d'art, partout dans le Louvre, s'étaient eux aussi mis à luire.

Dans le vaste appartement haussmannien au-dessus de l'ancienne et très chic boutique d'antiquaire renommée *Zacharie*, située non loin du Louvre et donnant sur les jardins des Tuileries, quelque chose scintillait.

Une vieille amulette brilla, placée au sein d'un capharnaüm d'étagères remplies de documents et d'artefacts d'archéologie en tout genre. La lumière, discrète, luit de plus en plus fort jusqu'à éclairer comme en plein jour le bureau en un rien de temps. Un homme, la trentaine avancée, grand, musculeux et large d'épaules, vêtu uniquement d'un boxer et les yeux encore engourdis de sommeil, ouvrit en catastrophe et se jeta sur le talisman qui continuait à étinceler dans ses mains.

Il analysa l'objet et le caressa avec délicatesse. Il l'étudia, fébrile, sous toutes ses coutures. Avant de le poser dans un coffret qu'il dénicha dans un de ses nombreux tiroirs, pour cacher le scintillement. Puis il sourit.

— Enfin, murmura-t-il. Depuis le temps que je voulais cette mission !

Il était impatient de connaître cette légende qu'il attendait… depuis des siècles.

Chapitre 4

Le grand soir

La soirée de gala avait enfin lieu. La longue file d'invités s'étendait sur une centaine de mètres à l'extérieur, sur la rue de Rivoli, et encombrait les trottoirs déjà trop chargés par les installations d'éternels travaux de la ville de Paris. Les nombreux convives, triés sur le volet, trépignaient dans le froid automnal, brillant de tenues chics pour honorer l'événement. Il y avait de l'électricité dans l'air entre ceux qui s'impatientaient, les taxis qui déposaient des VIP qui en profitaient pour couper la queue ou encore les pique-assiette qui tentaient de rentrer, mais refoulés par Caroline et Jérémy, accueillants de luxe habillés sur leur trente et un. Un *happening* comme la Ville Lumière en avait l'habitude.

Tout le monde avait répondu présent et la soirée

semblait partie pour connaître le succès. Une fois à l'intérieur, les privilégiés invités à cet événement hors norme gravitaient entre les reliques, cocktail ou champagne en main. Certains se reconnaissaient et se saluaient. D'autres ne quittaient pas leurs amis. D'autres encore discutaient longuement, désireux de rattraper le temps. Mais tous venaient avec la même curiosité : l'exposition en elle-même. Les pièces importées étaient sublimées par un jeu de lumière bien pensé. L'histoire racontée par Abernathy, suivie à la lettre par tout le monde grâce à un sens de file à respecter, restait à la fois simple à comprendre et addictive. Tous avouaient sans hésiter que la rétrospective était grandiose, tout comme la soirée, organisée au cordeau et à la hauteur de ce qui était escompté. Journalistes et photographes, présents aussi et triés sur le volet, ne faisaient pas que filmer un tapis rouge, ils garantissaient la rédaction du plus d'articles possible afin d'apporter la couverture médiatique attendue.

De son côté, le conservateur, qui avait dans un premier temps reçu les principaux mécènes de l'événement, voguait d'invité en invité pour se montrer, mais surtout pour s'assurer que le lancement de son exposition restait sous contrôle. Jérémy et Caroline surveillaient les entrées et accueillaient les inscrits sur la liste des invités puis, parfois, cumulaient les postes de barmaid et de serveur au gré de coups de main sollicités. Ils n'étaient pas bégueules ; quand on était simple assistant, il fallait faire montre de motivation pour valider ses jalons au sein du Louvre. La soirée était tellement excitante à vivre qu'ils étouffèrent leur fatigue des derniers mois.

Vers 23 heures, la salle, comble, respirait une ambiance délicieusement chic. L'heure pour les deux assistants de s'accorder une pause méritée, coupe de champagne en main. Non loin du vase du djinn, Jérémy et Caroline jetaient des coups d'œil discrets sur les invités.

— Il y a des mecs canon ce soir, remarqua Caroline, la gourmandise aux lèvres.

— Mouais, peut-être, bougonna Jérémy d'un air blasé.

— Depuis quand tu fais le difficile ?

— Je ne fais pas le difficile, mais bon, disons que je n'ai pas la tête à ça et…

— Oh putain ! Ne te retourne pas ! Surtout pas ! bondit-elle.

Trop tard, la curiosité avait vite pris le relais. Jérémy pivota et le vit, là, en train de s'approcher de lui, triomphant, dans un beau costume qui lui seyait à merveille. Maxime. Champagne en main, il irradiait la pièce de sa présence, le tout porté par un sourire *ultra-brite*.

Le jeune assistant le regardait s'avancer vers lui, la gorge sèche, sa respiration instantanément coupée. À la fois hypnotisé et effrayé de le découvrir ici après son dernier message envoyé il y avait quelques jours, Jérémy n'arrivait plus à penser clairement, pétrifié. Il avait l'impression que son ex-amant marchait vers lui au ralenti, comme dans une série pour ados à l'eau de rose de Netflix. Jusqu'à ce qu'un homme, la petite trentaine, l'arrête en chemin. Jérémy y vit l'occasion de quitter les lieux, mais ne trouva rien de mieux que de se retourner, paniqué, face à une Caroline qui affichait un air catastrophé.

— Mais qu'est-ce qu'il fiche ici ? demanda Jérémy, effrayé.

— Je n'en sais foutre rien ! répondit Caroline. On ne l'a pas invité pourtant. Attends... Si ?

Elle cherchait dans sa tête, confuse.

— Ah ! reprit-elle. Il a dû venir avec un de nos contacts qui a reçu des billets d'entrée « avec un +1 autorisé » !

Elle regarda au-dessus de l'épaule de son ami qui ne savait plus où se mettre, son anxiété étant montée d'un cran.

— Ils ont l'air très proches tous les deux... commenta-t-elle.

— Ah bon ? Tu crois que c'est lui le mec qui...

— Qui te ressemble ? J'espère pas ! s'emporta-t-elle. Il n'a rien de toi ! Tu es plus beau. Il pue le fric à plein nez, ça, je peux te le jurer. C'est ça qui a dû attirer Maxime.

Ce *gold-digger* [4] !

— Comment tu le sais ?

— Une femme sait ce genre de chose, avoua-t-elle en continuant d'espionner les deux hommes au loin. Crois-moi. Non, je te confirme. Il n'est pas si charmant que ça. Il ne te vaut pas ! Enfin, si c'est lui…

— Qu'est-ce que je fais ? Je ne suis pas bien, là…

Jérémy sombrait de panique, catastrophé au fil des secondes.

— Oh merde ! balança Caroline.

— Quoi ?

— Affiche ton plus beau sourire et…

— Salut Jérém ! lança Maxime.

Le jeune assistant, dos à lui, ferma les yeux et tenta de se ressaisir. Il devait se retourner, mais son corps ne le voulait pas. Il prit sur lui, se força, avant de se tourner et d'exhiber un *faux-self* [5] de soirée parfait. Face à Maxime, encore plus charmant de près, son cœur faillit exploser.

— Salut Caroline, enchaîna Maxime en s'adressant à elle, avec un sourire poli.

— Bonsoir Maxime, lui répondit-elle sèchement avec un regard assassin.

Tout le monde savait que quand Caroline saluait quelqu'un en énonçant clairement son prénom, c'était

---

4 *Une personne qui aime l'autre uniquement pour son argent.*

5 *Action psychologique, souvent d'autodéfense, visant à dissimuler sa vraie nature.*

soit pour être solennelle, soit pour exprimer un reproche sous-jacent. Ce qui, ici, relavait plutôt de la deuxième option. L'ex-amant fit comme s'il n'avait pas compris la nuance et s'adressa à nouveau à Jérémy, qui n'avait toujours pas sorti le moindre mot, paralysé par le trac.

— Quand André m'a proposé cette soirée, reprit Maxime, je n'ai pas hésité une seconde. Tu m'as tellement parlé de ce fabuleux projet ces derniers mois que je devais voir ça de mes propres yeux !

En apparence, il paraissait heureux pour Jérémy. Ce qui désarçonna ce dernier.

— An... André ? balbutia l'assistant.

L'homme « à la petite trentaine » qu'il avait vu s'avancer vers Maxime quelques secondes auparavant s'approcha à son tour, cocktail en main. Grand, brun, barbe de trois jours élaborée, chemise à l'encolure ouverte, veste un peu trop ample, Jérémy le trouvait plutôt beau garçon, mais sans plus. Il en existait des milliers d'autres comme lui. À côté, Maxime, dans son costume cintré à l'italienne et ses cheveux qui rebiquaient par endroits, parfaitement travaillés, brillait de bien plus de charme à ses yeux.

— Euh... Enchanté André, répondit poliment Jérémy en lui serrant la main.

Un froid polaire semblait s'être installé entre eux quatre. Caroline fusillait du regard Maxime. L'accompagnant de ce dernier buvait sa boisson, beau prétexte pour rester silencieux.

— Jérémy, Caroline ! les héla Abernathy non loin.

J'ai besoin de vous !

Sauvés par le gong ! pensèrent ses assistants. L'appel bienvenu, juste à temps.

— Déso, boulot, on doit y aller hein, enchaîna Caroline, dans une légère grimace hautaine, sans autre état d'âme, en attrapant son collègue qu'elle voyait pétrifié.

— Jérém ? réclama Maxime.

— Oui ? répondit-il alors qu'il était traîné de force par Caroline pour vite s'éloigner.

— On pourra se parler, quand même ?

— Je... oui... murmura-t-il en s'éloignant au pas de course, sans en dire davantage.

Ils rejoignirent leur conservateur.

— Vous nous avez appelés, monsieur Abernathy ? questionna Caroline alors que Jérémy remettait son costume droit.

— Mes amis ! Prêts ? On ne va pas tarder à lancer la formulation des vœux. Vous surveillerez bien tout, hein ? Dans cinq minutes !

— Monsieur Abernathy, comptez sur nous ! répondit Caroline, fière.

Leur directeur, visiblement satisfait de la tournure que prenait la soirée, s'écarta, les laissant à nouveau seuls. Jérémy se retourna, discrètement cette fois, pour apercevoir Maxime s'amuser aux éclats avec *le-trentenaire-en-apparence-riche-qui-était-comme-lui-dont-on-ne-connaît-pas-le-nom*. Vu leurs gestes, leurs rires et leur proximité affichée, pas de doute, c'était bien cet inconnu qui l'avait remplacé.

Jérémy ne put s'empêcher de repenser à leurs derniers mois ensemble. On dit que quand quelqu'un est sur le point de mourir, sa vie défile sous ses yeux. Mais personne ne parle du « malaise de l'ex ». Car la même chose arrive à chaque personne tenant encore profondément à son ex : elle aussi voit ce genre d'images se succéder chaque fois qu'elle recroise son amour perdu.

Un flot de souvenirs refit surface. Leurs premières rencontres, d'abord. À se toiser au sport. À se saluer à force de se retrouver dans les mêmes cours. Puis, les premières fois où ils ont échangé, dans le couloir de la salle, en récupérant du cours qu'ils venaient de suivre. Tout transpirants. Les tee-shirts trempés de sueur et collés à leurs corps. Jérémy se souvenait l'avoir à plusieurs reprises dévoré des yeux, tout en restant discret. Quand Maxime ne se rendait pas au cours, ce qui était rare, il en avait ressenti un pincement au cœur. Car à souffrir au fitness, autant que ce soit aussi en se rinçant l'œil par moments.

Sur le plan purement physique, Maxime était finement musclé. Un corps d'homme comme un autre, bien proportionné, pas trop volumineux ni mince. Un ventre plat et des épaules larges, mais discrètes à la fois. Le genre de buste qui laisse une belle surprise quand il retire sa chemise. Et ses cuisses ? Quelles cuisses ! La partie préférée chez un homme pour Jérémy. Elles semblaient puissantes, tout comme ses mollets, galbés. Maxime savait que son physique attirait l'œil et attisait les fantasmes. Outre son beau visage et son sourire attendrissant, son allure, une fois habillé, de héros romantique du XIXe siècle, qu'il entretenait grâce à une garde-robe soignée, en faisait craquer plus d'un. Il devait être la réincarnation d'un héros masculin de fiction ; l'amant de lady Chatterley ou encore Julien Sorel du *Rouge et le Noir*, de Stendhal.

Dans le civil, il ressemblait à un prof d'université ; ce qu'il était véritablement par moments, car à côté, il tentait avec difficulté de terminer sa thèse de droit et l'argent pour vivre lui manquait. Le genre de jeune enseignant sur qui beaucoup fantasmaient et pour lequel on n'avait envie que d'une chose : qu'il nous convoque dans son bureau, à l'abri des regards, pour un dérapage contrôlé et consenti.

Au lit ? Maxime cachait bien son jeu. Propret en apparence, à qui l'on donnerait le Bon Dieu sans confession, c'était quelqu'un de différent dans les situations très privées. Jérémy en avait été même surpris au départ, n'ayant lui non plus pas froid aux yeux et adorant explorer les limites de sa propre sexualité. Les quelques occasions où ils avaient couché ensemble, ça avait été… sauvage. Maxime était du genre entreprenant, mais aimait que l'autre « prenne les choses fermement en main ».

Dans l'appartement de Jérémy, toutes les pièces y étaient passées ; leurs corps avaient réagi en parfaite harmonie. Les rôles n'avaient pas eu besoin d'être définis. C'était fluide et en pleine communion. Parfois c'était mignon ou câlin, et d'autres fois c'était plus sauvage et aventureux. Parfois, c'était avec des objets sexuels pour pimenter la chose. Parfois encore, l'un portait une tenue spéciale osée que l'autre regardait avec appétit. Leurs corps à corps finissaient fiévreux, transpirants et poisseux de passion, à en changer souvent les draps. Ils connaissaient chaque parcelle de l'autre. Jérémy avait un attrait particulier pour les fesses de Maxime, fermes. Maxime, lui, adorait explorer Jérémy avec sa langue, partout. Vraiment partout. Et il était doué. Malgré son jeune âge, sa technique était parfaite, affinée par une expérience que Jérémy avait deviné déjà longue et riche. Leur désir s'était souvent exprimé comme si ça avait été la dernière fois qu'ils se touchaient. Ils y avaient mis une intensité folle et c'était mémorable. Les voisins du dessus avaient même tapé au sol à cause de râles de plaisir criés trop fort, à minuit passé. Et ils en avaient ri, gênés sur le coup… mais pas trop.

Puis, un jour, ça a ralenti, d'un coup. Bien que toujours pas officiellement en couple, ils se virent moins. Jusqu'à ce que Jérémy reçoive le fameux message assassin sur WhatsApp, qui le plongea dans le désarroi le plus total.

— Non, mais pour qui il se prend celui-là ? tempêta Caroline.

— Ben c'est Abernathy, il a le droit de…

— Mais je ne parle pas d'Abernathy ! De Maxime ! Je suis furieuse ! Il est venu pour te blesser, j'en suis sûre !

Caroline n'en démordait pas et avait pitié de son ami qu'elle voyait éteint.

— Oh mon chou, se calma-t-elle. Tu veux que je le vire ?

— Hein ?

— Je peux ! continua-t-elle en prenant un sourire sadique. Je ne sais pas comment, mais je peux le foutre dehors en un rien de temps, lui et son *sugar daddy* [6] ! Et ça me ferait un plaisir fou !

— Mais…

— Ou tu souhaites que je le cogne ? Je peux payer

---

6 *Un homme qui fait bénéficier de son train de vie confortable une autre personne, parfois en échange de services sexuels (mais pas toujours).*

des gars pour le tabasser, si ça peut contribuer à ton bonheur…

— Hein ? Tu n'es pas sérieuse ?

— Non, bien sûr, je déconne, lâcha-t-elle froidement en sifflant son restant de champagne.

Jérémy ne savait pas si elle plaisantait et en ressentit presque un frisson.

— Bon Jérém, reprit-elle, déterminée. Passe à l'action. Ce qu'il te faut, c'est un *rebound-guy* !

— Un quoi ?

— Un *rebound-guy* ! On en a tous besoin, surtout après une rupture amoureuse. En gros, un homme auquel tu ne vas pas forcément t'attacher, mais qui va t'aider à oublier ton ex, grâce à une partie de jambes en l'air endiablée réalisée entre adultes consentants.

— Ah bon, tu crois ?

— Mais oui ! Trouve-toi quelqu'un avec qui tu vas t'éclater sexuellement, tout en sachant qu'il n'y aura rien de plus entre vous.

Elle but une nouvelle gorgée de champagne en parcourant la salle autour d'elle, jusqu'à ce que son regard repère une cible potentielle.

— Tiens, mate le mec là-bas ! relança-t-elle en désignant des yeux un beau jeune homme, placé plus loin. Il n'arrête pas de te zieuter depuis tout à l'heure.

Cheveux courts brun clair, un corps svelte mit en valeur par un costume qui lui seyait à merveille, de sublimes yeux verts, il était très élégant et séduisant. Un mannequin, probablement d'origine ibérique, comme ceux que l'on voit dans certaines séries télé espagnoles sexy. Il jetait des regards plus qu'insistants sur Jérémy. Ce dernier le scanna de pied en cap, avant de se retourner vers Caroline, l'air blasé.

— Laisse tomber, Caro. Lui, c'est l'archétype même du gosse de riche conscient d'être canon, mais qui veut nous faire croire qu'il ne le sait pas. Qui pense que tout lui est dû parce qu'il fait partie de la caste « des beaux ». Qui doit avoir un feed Insta qui regorge de sublimes clichés de lui produits par d'excellents photographes « amateurs » *(il mima les guillemets)* qui n'espéraient en réalité qu'une chose de lui : coucher avec. Surtout quand ils lui ont demandé de poser torse nu ou en caleçon façon penseur de Rodin du 75 version XXIe siècle devant une pauvre façade haussmannienne, quelque part à Montmartre. Mais évidemment, ça ne se fera jamais, car il « tient à leur amitié, tu comprends ». Résultat : ils ont été baisés (façon de dire) pendant que lui a eu droit à des portraits de star gratos « pour rassurer son *vrai-self*, si timide et qui n'a surtout pas envie de parler de lui ». Bien qu'en réalité, il ne fasse que ça. Il poste des phrases à la con sur l'estime de soi et l'importance du moment présent ; en vérité, il n'y entend rien et a eu 8/20 en philo au bac. C'est également le roi des selfies et des *stories* sur Insta pour nous étaler sa vie géniale. Alors qu'en vrai, c'est un dépressif chronique qui ne cherche qu'à récolter des likes à défaut de compter dans son entourage proche de vrais amis ou encore d'avoir des parents aimants.

Si elle avait été un personnage de manga, Caroline

se serait retrouvée avec de grands yeux interloqués, une bouche pendante de surprise et une grosse goutte coulant sur le côté de son crâne.

— Ah ouais ! Tu as compris ça en deux secondes ?

— L'habitude du milieu queer parisien... souffla son collègue, déjà fatigué d'avance. Ces gars-là, c'est l'horreur. Et ils basculent tous en ce moment sur TikTok pour faire des *lives* creux sur « moi, moi, moi, moi » ou pire, des vidéos pour nous dire ce qu'ils font de leur journée, du réveil au coucher, et comme par hasard, torse nu dans 90 % du truc.

— Va falloir que tu me donnes leurs comptes alors, répondit Caroline avec appétit, dégainant son smartphone pour ouvrir l'application. Je suis très curieuse, tu le sais.

Mais Jérémy ne releva pas, sérieux.

— Non, crois-moi, ces mecs, c'est niet, confirma-t-il.

— Attends, on ne te demande pas de lui passer la bague au doigt non plus pour ensuite devenir officiellement son caméraman TikTok. Va seulement t'amuser avec ! Sens un autre corps sur toi, le temps d'une soirée, c'est ça un *rebound-guy* ! T'as peur qu'il jouisse de toi ? Prends le dessus ! Et profite des garçons avant qu'ils te bouffent ! Saisis ta revanche.

Le mannequin ibérique se retourna une nouvelle fois et fixa Jérémy de façon plus insistante, qui en disait long.

— Regarde comme il te dévore des yeux, relança Caroline, presque avec gourmandise... Tu veux que je checke pour toi qu'il est gay ?

— Comment ?

— J'ai *Grindr*[7] sur mon portable.

— Toi ? Depuis quand ?

— Je l'ai installé pour *stalker*[8] des gars quand je drague. Tu sais de nos jours, nous, les femmes hétéros cis, on n'est plus trop sûres de l'orientation des gens... Alors, plutôt que de perdre mon temps, j'ai pensé à ça ! Et je ne suis pas la seule, crois-moi. J'espère pour toi qu'il est pédé, car sinon, moi, je me le taperais bien !

Jérémy était tellement surpris par cette révélation qu'il ne préféra pas relever, et siffla ce qu'il lui restait de champagne.

---

7 *Application mobile de rencontres réservée à la communauté LGBTQIA+.*

8 *Surveiller la vie de quelqu'un. Ici, sur Internet.*

Chapitre 5

Faites vos vœux

Une certaine frénésie se leva dans la salle autour d'eux. À la demande d'Abernathy, les invités se pressaient pour faire la queue devant l'amphore grandiose de l'exposition afin de répondre, amusés, au jeu que le conservateur avait imaginé en guise d'animation.

— Approchez, approchez ! les invita-t-il. C'est l'heure de vérifier si les légendes sont vraies ! Placez-vous en file indienne devant le *Vase de Varakk* pour y formuler votre vœu. Qui sait ? Peut-être se réalisera-t-il !

Les convives sourirent en même temps qu'Abernathy, et applaudirent dans la foulée.

Quelques semaines auparavant, quand Jérémy et Caroline cherchaient des concepts pour animer le gala, ils avaient trouvé celui d'Abernathy plutôt original. Demander à leurs visiteurs d'une soirée de jouer sur les codes ancestraux des souhaits formulés aux djinns, si célèbres dans les contes et légendes, pour les pousser à admirer le vase, relevait d'une bonne idée. Et force était de constater que pour cette soirée inaugurale, les invités se prêtaient gaiement à la comédie.

Les deux assistants entendirent de tout, des requêtes attendues (« Je veux être riche et célèbre ») ou saugrenues (« Je veux que mon boss tombe amoureux de moi ») aux désirs les plus sérieux (« J'aurais souhaité me livrer davantage à mes parents avant qu'ils meurent »). Les gens s'amusaient, parce qu'un peu pompettes, croyant le jeu anodin.

Sauf que personne ne se rendait compte qu'au fil des vœux formulés, Varakk cumulait une puissance énergique monstre. La gravure de son visage sur le vase semblait peu à peu changer de couleur, voire… afficher un léger sourire démoniaque.

L'antiquaire Zacharie, ses larges épaules engoncées dans un costume bien trop étroit pour sa carrure, observait non loin tout ce cirque des vœux en buvant sa coupe de champagne. Il s'était approché du vase avec discrétion et écoutait les désirs formulés tout en analysant l'artefact. Sa façon de se déplacer relevait presque de l'attitude féline. Il paraissait fasciné par la pièce millénaire qu'il aurait presque eu envie d'effleurer du bout des doigts.

Très séduisant avec ses yeux bleus et un physique qu'on devinait avantageux grâce à ses vêtements trop serrés, il avait la tête d'un joueur de football américain, avec des traits parfaits et une mâchoire carrée. Sa grande taille et sa présence n'avaient pas échappé à Jérémy. Ce dernier prit plaisir à le mater alors qu'il entamait une autre coupe de champagne. Pendant ce temps, Caroline continuait à lui vanter les qualités corporelles intrinsèques du mannequin avec qui, selon elle, il devait passer une nuit pour oublier Maxime. Mais il ne l'écoutait pas.

Pour Jérémy, s'il y avait bien un homme qu'il pourrait considérer comme « *rebound-guy* » ce soir, c'était bien lui, cet anonyme brun aux yeux bleus qui semblait fasciné par le *Vase de Varakk*. Quelqu'un en apparence plus âgé, sans doute doté d'expérience, capable de l'empoigner avec fermeté et assurance pour vivre quelques heures torrides. Du moins, le pensait-il, car il n'en savait rien. Était-il seulement gay ? Mais rien que sa vue lui provoquait quelque chose. Une excitation lui réveilla l'entre-jambes et lui chatouilla les entrailles.

Caroline avait raison, après tout. Maxime s'était probablement rendu à la soirée pour lui faire du mal, et son côté manipulateur des sentiments lui avait explosé en pleine face. Jérémy se décida à se lancer. Il comptait s'amuser ce soir. Et cet inconnu pourrait l'aider. Mais comment l'approcher ? Aimait-il les hommes ? L'une des éternelles questions qui revenaient quand on est gay… L'inconnu ne le regardait pas, lui, car il restait captivé par la longue queue de convives qui s'étendait pour formuler des souhaits.

Quand soudain, le jeune assistant eut une idée.

— Caro, suis-moi !

Il la prit par la main et coupa de façon éhontée la file d'invités. Un peu éméchés, ils se placèrent tous deux devant le *Vase de Varakk* pour y soumettre un vœu, tout en s'excusant auprès de celles et ceux qui patientaient, arguant qu'ils étaient les organisateurs de l'événement. Une justification formidable puisque les conviés ne leur en tinrent pas rigueur et les remercièrent au passage pour la soirée réussie.

Zacharie, le beau trentenaire sur lequel Jérémy fantasmait depuis quelques minutes, se rapprocha d'eux et tendit l'oreille, curieux. À la fois surpris et effrayé, il surveilla l'amphore, puis Jérémy. L'assistant croisa enfin son regard. À leur contact visuel, le corps du jeune homme s'électrisa. Il lui sourit et, soudain doté d'une force qu'il ne se soupçonnait pas, se lança pour exprimer sa demande :

— Djinn Varakk. Je fais le vœu d'avoir de l'assurance. D'approcher qui je veux, quand je veux, de séduire sans conséquence, sans avoir mal et de ne plus souffrir à cause de mes sentiments.

Un calme s'installa. Et quelques secondes pouvaient souvent paraître longues. Caroline glapit entre deux gorgées. Rien ne se passa.

— Il est tout pourri ton souhait, lança-t-elle pour rompre le silence. Fais comme tout le monde. Demande à être Jeff Bezos, une rockstar ou à posséder un harem de garçons, je ne sais pas…

— Ça m'est venu, comme ça. Marre de souffrir en amour. C'est ça que je veux. Des mecs, d'un clac de doigts. Tu veux que je m'amuse sans conséquence ? Je l'ai formulé à Varakk ! Et si c'était vrai ? Hein ? On verra bien !

Il se mit à pouffer et quitta la file avec Caroline, laissant les invités émettre leurs désirs à leur tour. En partant, il avait surpris le bel inconnu sourire à son vœu, et le regarder une dernière fois. Est-ce que ça signifiait quelque chose ?

Plus loin dans la pièce, essoufflés et riant de bon cœur, ils prirent conscience d'avoir participé à un folklore auquel eux-mêmes avaient du mal à croire. Soudain, Nathalie, une autre assistante du Louvre, leur bondit dessus, l'air grave et stressé.

— Vous avez vu Abernathy ?

— Euh… non, bégaya Caroline, penaude.

— On l'a croisé il y a une dizaine de minutes, concéda à son tour Jérémy, un peu gêné de profiter de la soirée alors que leur conservateur était sollicité.

Dépitée, leur collègue leva les yeux au ciel et s'éloigna fendre la foule. Jérémy et Caroline se regardèrent, se sentant idiots.

— Tu penses que… hésita Caroline.

— Oui ! coupa Jérémy. Notre pause est terminée, allons le chercher !

En se retournant et dans la précipitation, Jérémy bouscula l'antiquaire Zacharie qui s'était entre-temps placé derrière lui, sans qu'il s'en soit rendu compte. Dans le choc, l'intégralité de sa flûte de champagne se renversa sur la chemise blanche de son invité, maintenant imbibée d'alcool. Un *splash* retentissant survenu en moins d'une seconde qui pétrifia de honte le jeune homme et qui plongea son convive dans une surprise, figée sur son visage. Caroline, toujours un pas d'avance, s'était déjà éloignée et n'avait rien vu de la scène, laissant son collègue seul.

— Oh pardon ! Pardon ! Pardon ! Pardon ! Je suis désolé !

Il posa son verre vide sur le plateau d'un serveur qui passait par là et sortit un mouchoir en tissu de sa poche pour tamponner les dégâts.

— Allons, ce n'est pas grave, lui répondit le séduisant trentenaire. Ce n'est pas uniquement votre faute. Vous ne m'aviez pas vu et j'aurais dû faire plus attention.

— Peut-être, mais bon, étant l'un des organisateurs de la soirée, je me sens idiot. Je dois réparer ça. Vraiment désolé !

— Ne vous inquiétez pas, je vais me rendre aux toilettes en bas pour sécher tout ça.

— Alors je viens avec vous !

Le beau trentenaire sourit.

— Ce n'est pas la peine, j'y arriverai tout seul, vous

savez…

— J'insiste ! Je vous accompagne, appuya Jérémy, rouge de honte.

Sans réfléchir une seconde de plus, tous deux filèrent vers les escaliers menant à l'étage inférieur. Sur son passage, Zacharie jeta un œil à la file des vœux qui s'était encore allongée et afficha un air contrarié.

Au loin, le jeune mannequin ibérique les avait vus partir ensemble.

Dans les toilettes inoccupées et aseptisées du sous-sol, Jérémy se jeta sur le distributeur de mouchoirs en papier. Il en prit beaucoup trop d'un coup et se rua ensuite sur la chemise de cet homme séduisant dont il ne connaissait toujours pas le nom, pour éponger le champagne renversé.

— Non, vraiment, ne vous inquiétez pas, insista ce dernier, gêné.

— Si, si, je dois faire quelque chose. Vous êtes un invité et je ne veux pas vous gâcher cette soirée qu'on a eu un mal de chien à organiser.

Zacharie ne broncha pas, voyant Jérémy s'activer sur la tache et comprenant qu'il n'allait pas le lâcher de sitôt. Pour plus d'aisance, l'antiquaire enleva sa veste. Sa chemise, cintrée et taillée près du corps, laissait peu de place à l'imagination. Le champagne avait rendu translucide le vêtement maintenant collé à son ventre plat et tonique.

— Retirez-la, on la séchera plus vite avec le souffleur des mains, lança Jérémy, plus directif cette fois.

— De… quoi ? répondit Zacharie, sourire aux lèvres.

Jérémy planta son regard dans celui de son invité. Ses pupilles devinrent écarlates et son hôte se retrouva instantanément sous son emprise.

— Faites ce que je vous demande, enjoignit l'assistant, de façon plus autoritaire.

Dans la salle de l'exposition, les yeux du visage de Varakk s'illuminèrent de plus en plus. Un autre vœu se réalisait.

Le trentenaire sur lequel Jérémy avait furtivement fantasmé plus tôt ne dit rien. Comme s'il avait été pétrifié et que son cerveau prenait note de l'ordre. Son regard changea. Quelque chose avait pris possession de lui. Ses yeux dans ceux de Jérémy, il lui répondit, calmement, tel un robot.

— D'accord.

Zacharie s'activa, bouton par bouton. Jérémy avait du mal à avaler sa salive à la vue de cet homme qui se dévêtait face à lui, et qui semblait prendre son temps de façon lascive. Son invité ouvrit sa chemise et l'enleva avec difficulté, surtout au niveau des épaules où elle s'était comprimée sous le volume de ses bras. Il dévoila un torse puissant, bien dessiné et poilu, comme Jérémy les aimait, ainsi que de larges biceps veineux. L'assistant sentit sa bouche devenir plus sèche, surtout quand Zacharie la retira entièrement et la balança au sol, avant de se tenir droit devant lui, comme s'il attendait de nouvelles directives.

Le jeune homme prit son temps pour admirer cet homme qui patientait, raide comme un piquet, ses yeux dans les siens. Comme si son regard lui demandait : « Et maintenant que je suis torse nu, que veux-tu de moi ? As-tu envie de moi ? De me toucher ? De caresser mon corps ? D'en profiter de chaque parcelle ? »

Jérémy se sentit d'humeur conquérante comme rarement auparavant. Sur un ordre formulé de façon ferme, il venait de déshabiller quelqu'un sur commande, qui plus est un inconnu. Jamais ça ne lui était arrivé et jamais il ne pensait un jour détenir une telle confiance. Il avait soif de plus. Que cet inconnu retire tout, lui saute dessus et le prenne à la sauvage sur le lavabo. Rien qu'à cette pensée, son entre-jambes enflait.

Tous deux n'avaient pas prêté attention au mannequin ibérique qui les avait rejoints en catimini dans les toilettes. Sans que Zacharie bouge, ses yeux toujours posés sur Jérémy, ce dernier aperçut le bellâtre étranger s'avancer doucement et les toiser avec envie. Rien n'avait échappé à l'Espagnol, et il lui était désormais impossible de rebrousser chemin. La tension sexuelle régnait, palpable, et la tentation crevait les plafonds. Jérémy l'étudia de haut en bas, faisant montre, rien que du regard, d'un appétit féroce. Plus confiant que jamais dans sa vie, il le pressa d'un signe de tête de s'approcher. Quelque chose montait en lui et électrisait chaque centimètre de son corps. Un désir fou, puissant, presque inavouable.

— Toi, viens ici et mets-toi aussi torse nu, lui ordonna-t-il.

Le jeune mannequin le fixa avec intensité. Ses yeux se figèrent, comme s'il prenait le temps de comprendre l'injonction reçue. Après une légère hésitation, il s'avança vers Jérémy et Zacharie. Tous trois se tenaient dans un espace resserré. Quelques centimètres à peine les séparaient. Habités par une envie prégnante, ils ne comptaient pas en rester là. Le silence était tel qu'on n'entendait plus que leurs respirations, haletantes, à quelques centimètres de la bouche de l'autre.

Le mannequin retira sa veste de façon lascive et la balança par terre à son tour, avant de déboutonner sa chemise et de finir torse nu, dévoilant un corps mince, sec et glabre. Les trois hommes s'étudièrent, en se rapprochant plus encore. Leurs mains les démangeaient ; ils avaient envie de s'effleurer, de se découvrir. Leurs bouches commencèrent à s'ouvrir, tant ils manquaient d'air et étaient excités. Au fond de lui, Jérémy peinait à y croire. Deux garçons se tenaient là, devant lui, et paraissaient attendre ses ordres.

N'écoutant que son désir qui lui dévorait les entrailles, Jérémy bondit avec passion sur la bouche du trentenaire, dans un *french-kiss* enflammé. L'inconnu lui répondit avec ardeur, leurs langues se rencontrant avec frénésie. Leurs mains découvraient le corps de l'autre, enfin. Le jeune Ibérique les attisa de caresses en les parcourant chacun du dos jusqu'à leurs derrières.

Jérémy, tel un carencé de l'amour, supplicié par l'instinct, n'avait nullement envie de choisir entre ces deux hommes qui s'offraient à lui sans broncher. Sa bouche goûta maintenant ardemment à celle du mannequin, qui ne broncha pas et le reçut avec plaisir. Leurs langues se mélangeaient dans une fureur de passion, au point parfois d'omettre de respirer. Zacharie en profita pendant ce temps pour baiser le cou du jeune assistant, qui se sentait consumé par le désir. Leurs mains se montrèrent plus pressantes et découvreuses, et passaient des derrières aux entre-jambes, provoquant des râles plus prononcés.

Au diable si on venait les déranger. Au diable Maxime. Caroline avait raison.

Jérémy voulait tout oublier ce soir et ne pas avoir à choisir. Dans les toilettes du Louvre, il ne pouvait pas rêver mieux pour « rebondir » et souhaitait jouir de cette chance providentielle de voir ses ordres écoutés et suivis à la lettre. Tout en ayant conscience qu'on risquait de les prendre en flagrant délit d'un moment à l'autre.

C'était lui qui décidait et personne d'autre.

À l'étage, le *Vase de Varakk* bougeait de légers soubresauts. Le bouchon de bronze au-dessus commençait à se déplacer, dévoilant peu à peu un champ d'énergie qui bouillonnait de fureur à l'intérieur de l'amphore au fur et à mesure des vœux formulés.

Zacharie, l'Espagnol et Jérémy continuaient à se consumer de désir comme si leurs vies en dépendaient. Ils passaient de l'un à l'autre, à s'embrasser avec passion, et à se parcourir des mains avec envie. Jérémy, enflammé, ordonna ensuite au trentenaire de retirer son pantalon. Ce dernier s'exécuta sans hésiter et afficha une généreuse excitation qu'il peinait à maintenir discrète. Jérémy ne résista pas longtemps à se placer à genoux pour lui faire honneur pendant que Zacharie jouait de sa langue avec celle du mannequin ibérique tout en guidant la tête de l'assistant.

Quelques délicieuses minutes plus tard, Zacharie rendit la pareille à Jérémy, qui embrassa l'espagnol pour ne pas le laisser en reste. Tous deux s'unirent dans leur désir de satisfaire la bouche du trentenaire. L'antiquaire maîtrisait sa technique, parfaite, et savait comment exciter et combler deux partenaires en même temps.

Jérémy, toujours possédé et les yeux écarlates, semblait dévoré par l'ivresse du moment. Il ordonna à Zacharie de s'occuper de l'Ibérique. Ce dernier n'écouta que son envie et se retourna, à se plaquer contre le mur, pour offrir son derrière. Il le reçut, avec difficulté au début, puis dans un plaisir qu'il eut du mal à dissimuler. Jérémy vint à son tour se placer après le trentenaire, qui l'accueillit aussi, dans des râles plus gutturaux. Il s'agrippait à ses solides épaules ainsi qu'à ses obliques dessinés, glissants de transpiration, au rythme de ses coups de reins.

Autant de peau et de sueur firent disjoncter Jérémy de désir. Son bel invité ainsi que le mannequin ibérique le rejoignirent dans l'extase. Les corps chancelants, tremblants et moites, tous trois se caressèrent et s'embrassèrent en silence durant de longues minutes, le temps de redescendre en excitation.

Chacun sortit peu à peu de sa torpeur en se retirant de la bouche de l'autre. Ils se regardaient, toujours rouges de sueur, et ne purent s'empêcher de sourire. Sur leurs visages, chacun semblait se dire « Wahou ? Qu'est-ce qu'on vient de vivre, là ? » Ils s'écartèrent, sans un mot, dans un mutisme presque gêné. Cette pulsion qui les avait animés et habités avec puissance, ils ne se l'expliquaient pas. Ils en avaient eu tous trois envie, comme si une force les avait poussés dans les bras l'un de l'autre. Chacun reprit ses affaires et se rhabilla en silence.

Premier à s'être vêtu à la hâte, l'Ibérique semblait presque honteux d'avoir ainsi succombé à la tentation et osait à peine regarder Jérémy et Zacharie. Face aux miroirs des toilettes, il tâcha de s'afficher propret, mais entre sa coupe de cheveux en bataille, ses joues rosies et sa chemise mal rentrée dans son pantalon, ce n'était pas gagné. Il se recoiffa vainement malgré des mèches rebelles et s'extirpa des sanitaires en lâchant un simple et timide « Euh... Merci » avant de s'éclipser au plus vite.

Jérémy et l'antiquaire étant maintenant seuls, ils se sourirent et finirent de se rhabiller chacun de leur côté. Leurs tenues s'étaient froissées et le champagne sur le vêtement de Zacharie s'était en partie estompé.

— Au moins, elle aura presque séché entre-temps, lança Jérémy.

— Ah ça, oui, réagit le trentenaire en riant.

Ce dernier comprenait bien que l'assistant du Louvre essayait de détendre l'atmosphère. S'abandonner à un plaisir purement sexuel était facile ; assumer « l'après » était une tout autre chose, bien plus compliquée.

— Il me semble ne vous avoir jamais vu ici, continua Jérémy en attachant ses boutons.

— Je... Euh... J'ai pris l'invitation d'une amie qui ne pouvait pas venir ce soir, répliqua-t-il en hésitant.

— Et quel est votre nom, si ce n'est pas indiscret ?

— Zacharie. Zacharie Pellam. Je...

— Zacharie Pellam ? L'expert en art ? L'antiquaire de la rue de Rivoli ?

— Lui-même, répondit-il, enchanté d'être connu.

— Ah... Euh... Je suis désolé, je ne savais pas, je..., bredouilla l'assistant, qui devint blême.

— Vous êtes désolé pour quoi ? Pour... ça ? Ce qu'il vient de se passer ? demanda Zacharie surpris, en renfilant sa veste.

— Euh... Oui. Si ça s'ébruite, je pourrai être renvoyé.

Zacharie souriait tout en réglant les derniers boutons. Il s'approcha de l'oreille de Jérémy et lui susurra d'une voix suave :

— Je ne regrette absolument rien. Je ne dirai rien. Et si c'était à refaire, je le referais.

Il planta son regard dans le sien. Jérémy sentit une décharge électrique lui parcourir le corps. La force qu'il avait ressentie tout à l'heure s'en était allée. Mais si Zacharie lui avait proposé de remettre ça, là, maintenant, rien que tous les deux, il se serait exécuté sans souci.

— Et toi ? Tu t'appelles comment ? relança l'antiquaire.

— Jérémy Pilovsky. Je travaille ici. Je suis l'assistant de James Abernathy, qui a œuvré sur la collection exposée ce soir.

— Enchanté, Jérémy, lâcha-t-il avec un clin d'œil amusé tout en lui présentant sa main. On dira qu'on s'est connus lors de cette superbe exposition au Louvre.

Et bravo d'ailleurs, c'est réussi !

Le jeune homme lui serra la main en retour, tout sourire, flatté du compliment. Avant que l'invité ne s'engage sur le départ.

— À plus tard peut-être, lança Zacharie en s'éloignant. Une mission m'attend ce soir !

Ce dernier ne laissa pas le temps à Jérémy de réagir et se dirigea dans la foulée vers les escaliers d'un pas pressé.

L'employé du Louvre sourit poliment et resta de longues secondes à se regarder dans le miroir. Seul désormais dans les toilettes, il repensait à ce qu'il venait de vivre.

Ça ne lui était jamais arrivé. À la sauvage. Comme ça. Avec des inconnus. Et sans capote en plus ! Il se rendait compte qu'il avait peut-être fait une connerie, lui qui avait toujours été prudent. Mais que lui avait-il pris de céder à la tentation ? Lui, si contenu et réfléchi, se demandait comment il avait pu s'abandonner de la sorte. Comme si, l'espace d'un instant, il avait été quelqu'un d'autre. Même si, intérieurement, ce qu'il avait vécu lui avait procuré un plaisir fou.

Chapitre 6

Et tout va basculer

Minuit venait tout juste de sonner. L'heure à laquelle les morts sortaient de leurs tombes pour rejoindre les vivants pour la seule date du 1er novembre. L'heure aussi à laquelle les sorcières retournaient chez elles après avoir passé la journée à tourmenter les humains.

En remontant dans la salle des Arts orientaux, Jérémy sentit une atmosphère étrange. La luminosité semblait avoir baissé, personne ne parlait, la musique était à peine audible et les invités paraissaient dans un état second. Même Caroline déambulait tel un zombie au milieu du beau monde. Comme si le temps s'était suspendu.

— Caro ! Qu'est-ce qu'il se passe ici ?

Mais elle l'ignora, comme s'il n'existait pas.

— Hey, tu vas bien ? relança-t-il en s'approchant d'elle.

Les yeux vitreux et vides, elle ne prêta pas attention à son collègue et s'enfonça dans la foule, en transe.

Il tourna sur lui plusieurs fois et remarqua que tous les invités étaient plongés dans le même état qu'elle. Quelque chose d'étrange se passait, mais Jérémy ne savait quoi. La frousse commença à le gagner.

Jusqu'à ce que, dans son champ de vision, il voie le *Vase de Varakk*.

L'amphore tremblait sur place, comme si quelqu'un, prisonnier à l'intérieur, tentait d'en sortir. Le bouchon de bronze de l'énorme relique, qui s'était décalé plus encore, était sur le point de sauter. Quant au visage du djinn sculpté sur la paroi, il affichait des yeux blanc éclatant. Une source d'énergie commença à s'échapper du récipient et crépitait en surface. Le jeune assistant semblait le seul à le voir.

— Putain, mais il se passe quoi ici ? se demanda-t-il à voix haute.

Quand soudain, le vase ne bougea plus. Jérémy regarda le bouchon tomber dans un fracas épouvantable qui résonna dans toute la pièce, à le faire sursauter. Le bronze s'était enfoncé dans le sol en brisant partiellement les carrelages, sous l'intensité de la chute.

De la lumière, vive cette fois, jaillit de l'intérieur de l'amphore. Plus puissante, elle s'évapora en hauteur, puis fut rapidement suivie d'une dense fumée sombre qui semblait lourde à s'élever dans les airs, et qui déborda du vase. Plus l'énergie se déployait, plus les lieux environnants plongeaient dans une pénombre inquiétante. L'émanation noire, épaisse, bougeait comme une entité propre, prit de l'ampleur et, une fois à terre, paraissait impatiente de dévorer l'espace.

De l'autre côté de la salle du gala, plus loin, Jérémy aperçut Zacharie, préoccupé, rejoindre un escalier qui menait vers l'un des sous-sols de l'exposition, pourtant interdit d'accès au public. Heureux de constater qu'ils étaient au moins deux à ne pas avoir succombé à cette pétrification massive, et craignant que cette fumée sombre n'atteigne ses pieds, il fila à sa poursuite.

— Attendez ! Zacharie ! Vous allez où ? cria-t-il en le coursant.

Mais le trentenaire ne l'avait pas entendu. Jérémy dévala à son tour les escaliers. Une fois en bas, le jeune homme ouvrit l'unique porte d'accès menant sur une vaste pièce, de la même taille que celle du gala juste au-dessus, où étaient normalement entreposées plusieurs breloques du musée. Il manqua de se heurter à son invité, resté planté dans l'entrée, au milieu d'un chaos dantesque.

Un vent violent faisait tout voler sur son passage : bois, papiers, classeurs. Une tempête épouvantable s'était déclenchée dans ce lieu fermé. Jérémy n'en croyait pas ses yeux. Lui et Zacharie avaient presque du mal à tenir debout sous la puissance de la rafale. Le jeune assistant constata avec frayeur qu'un énorme trou dans le sol, composé d'une sorte de matière d'énergie, explosait d'éclairs et de fureur. Un puits sans fond immense, d'où sortaient aussi de terrifiantes voix et des cris déchirants à en effrayer les plus téméraires. La fosse, aux relents démoniaques, gagnait peu à peu en taille et intensité. Elle grossissait doucement, et à vue d'œil.

Jérémy vit Abernathy au bout de la pièce, de l'autre côté de l'ouverture surnaturelle, étalé au sol et inanimé.

— Abernathy ! hurla-t-il en voulant s'approcher de lui.

— N'y va pas ! C'est trop tard pour lui, cria Zacharie, en l'attrapant par le bras. Je n'ai pas pu arrêter tout cela à temps, mais rien n'est encore perdu.

— Arrêter quoi ? brailla Jérémy pour se faire entendre au milieu des bruits environnants.

— Varakk est de retour et il va reprendre vie ! Abernathy s'est retrouvé sous son emprise depuis trop longtemps et je m'en étais douté. Je l'ai su grâce à ça...

Il lui montra le talisman, celui qui avait brillé chez lui, dans son appartement haussmannien de la rue de Rivoli. C'était une sorte de médaillon, à peine plus grand que la paume de sa main, circulaire, percé en son milieu, avec des hiéroglyphes gravés, ainsi que d'autres langages anciens que Jérémy ne reconnut pas tout de suite.

— Qu'est-ce que c'est ?

— C'est une amulette que ma famille détient depuis des générations. Elle sert à combattre de puissants démons de temps ancestraux et « sent » les dangers à venir. Elle m'a averti d'une menace par ici la nuit dernière. En recoupant toutes les infos que j'avais en ma possession, quelque chose me susurrait l'idée de venir ici ce soir pour l'exposition. Et je ne m'étais pas trompé !

— Mais… C'est insensé votre truc !

— Et pourtant, regarde ! lui dit-il en désignant la bouche de l'Autre Monde au sol, plus béante encore, alors que la tempête démoniaque soufflait plus fort.

— Que s'est-il passé ? hurla Jérémy à nouveau pour se faire entendre.

— Je n'en sais rien. Il semblerait que le sceau du *Vase de Varakk* ait sauté. À mon avis, il s'est servi des vœux de vos invités pour affirmer son pouvoir. La même chose est arrivée il y a des milliers d'années. Et ce soir, tout le monde a participé à sa résurrection.

Jérémy avala sa salive. Il repensait au souhait qu'il avait formulé. Et ça aurait débouché sur… ? Non, ça ne pouvait pas être vrai !

— Remontons ! Je n'ai pas dit mon dernier mot, lui hurla Zacharie, sûr de lui.

— On ne peut pas laisser Abernathy à terre !

— Il n'est pas trop tard pour le sauver, mais on ne peut rien pour lui maintenant. Viens avec moi, sinon on sera engloutis à notre tour !

L'ouverture de l'Autre Monde grossissait encore. Tous deux avalèrent quatre à quatre les marches et se retrouvèrent à nouveau dans la pièce de l'exposition, désormais baignée dans l'obscurité, à peine éclairée par la lune.

Chapitre 7
Varakk

Jérémy et Zacharie restèrent au bord des escaliers, au niveau de l'entrée de la salle de gala. La vision les stupéfia. Tous les invités étaient allongés par terre, plongés dans un sommeil profond. Une marée d'hommes et de femmes recouvrait le sol. Le calme, lugubre, régnait dans une ambiance presque sans lumière. Jérémy avala sa salive et chuchota en essayant de zigzaguer entre les personnes :

— Mais c'est quoi ce bordel ?

— Ils ont été envoûtés... souffla Zacharie, qui le suivait.

— Ils ne sont pas morts ?

— Non. Enfin du moins, je ne le pense pas. Si tu regardes bien, tu vois les cages thoraciques se soulever.

Jérémy scruta les corps de quelques invités et constata, en partie rassuré, que Zacharie avait raison.

— Mais pourquoi on n'a pas été touchés, nous aussi ? reprit le jeune assistant.

— Peut-être parce qu'on était « occupés » en bas lors de l'attaque de…

— De l'attaque ? Mais de qui ? le coupa Jeremy, les joues rosies.

Ce dernier n'eut pas le temps d'écouter sa réponse. La fumée noire qui sortait de l'amphore redoubla de puissance et explosa d'un coup dans les airs, jusqu'à s'aplanir. Zacharie et Jérémy, surpris sur le coup, se turent et plissèrent les yeux pour mieux voir. L'émanation laissa progressivement place à une forme. Quelqu'un était assis sur le vase, un pied pendant, l'autre replié. L'apparence se dessina de façon plus distincte alors que le silence des lieux pesait, plus assourdissant.

C'était un homme. Les yeux fermés, il semblait réfléchir. Zacharie et Jérémy glapirent et tentèrent de ne pas émettre le moindre bruit. Quelque chose d'à la fois effroyable et surnaturel se déroulait devant eux.

L'inconnu du vase ouvrit ses sublimes yeux violets qui brillaient dans la pénombre, soulignés par le khôl appliqué sur ses paupières. Vêtu d'un sarouel royal dans les tons sombres, il était torse nu, affichant un corps volumineux aux muscles ciselés, relevés par une peau caramel. Ses courts et superbes cheveux noirs bouclés accentuaient son beau visage fin et élégant. Varakk soutenait leur regard.

— Qui vient là ? demanda-t-il d'une voix suave et caverneuse, tout en se redressant avec grâce.

Il lévita, avant de poser un pied à terre en douceur.

Il y avait quelque chose de noble dans sa démarche, lente et contrôlée, dotée d'un charme incandescent. Il s'arrêta à quelques mètres de Zacharie et Jérémy qui n'avaient pas bougé. Son corps était plus impressionnant de près. Très grand, un port altier parfait, ses épaules étaient larges, ses biceps gonflés et son robuste torse, glabre et sec, ne cachait aucun de ses innombrables muscles bombés. Même dans le noir, sa puissance luisait.

— Je reconnais bien la marque des Pellam, souffla-t-il, songeur, en regardant Zacharie. Votre famille m'en a fait voir depuis des millénaires. Quant à vous… Qui êtes-vous ?

Jérémy prit peur. Le djinn l'observait avec une insistance non rassurante.

— Peu importe, Varakk ! lança Zacharie, en bondissant tout à coup sur lui.

D'un claquement de doigts, le démon l'envoya valser dans les airs. Le trentenaire vola à travers la salle de gala avant de brutalement heurter un mur et de tomber avec lourdeur au sol. Le jeune assistant, apeuré, hurla sa surprise, horrifié par la vivacité surnaturelle de l'attaque.

La violence du choc avait été telle que Zacharie ne se releva pas tout de suite.

L'offensive, rapide, crispa Jérémy de terreur. Ce dernier, paniqué, croyait vivre un cauchemar éveillé. Il avait du mal à respirer et son cœur battait à tout rompre, au point que sa poitrine se trouvait sur le point d'exploser. Varakk le regarda à nouveau, en prenant le temps de l'étudier de haut en bas. Quand il s'avança vers lui avec grâce, le jeune assistant se rendit compte qu'il ne pouvait plus bouger, comme retenu par une force magnétique.

— Tu es celui qui désirait avoir plus de confiance en lui, n'est-ce pas ?

Jérémy glapit. Il ne pouvait pas croire ce qu'il lui arrivait. Varakk s'approcha plus encore et plaça son visage près du sien, son torse le frôlant presque. Le djinn semblait prendre un plaisir particulier à le mettre mal à l'aise.

— As-tu eu ce que tu recherchais ? lui demanda-t-il d'une voix suave, plus près, comme s'il était sur le point de l'embrasser.

Jérémy ne bougeait pas. Il ne le pouvait pas. Son cœur tambourinait de plus belle. Varakk sourit et commença à tourner autour du jeune homme d'un pas maîtrisé, rictus aux lèvres, tout en lui caressant le menton puis une joue, du bout du doigt, avec grâce.

— Ai-je répondu à ton souhait ? relança le djinn.

Le démon, maintenant derrière lui, glissait sa main sur le dos de Jérémy de façon peu chaste, de haut en bas.

Jusqu'à ce qu'il approche son visage de l'oreille de ce dernier.

— Il me semble que oui, car je le sens, lui susurra Varakk d'une voix sensuelle. Tu en as bien profité et ça t'a plu.

L'employé du Louvre frissonna. Il venait de voir son doute dissipé. Ce qu'il s'était passé tout à l'heure dans les toilettes était l'œuvre du djinn, la résultante de son souhait ! Mais en cartésien qu'il était, il refusa cette explication. Ça ne pouvait pas être possible ! Les vœux, ça n'existait pas, songea-t-il.

— Oh que si, ça existe. J'existe. Et vous tous ici présents êtes à moi maintenant, conclut le démon en se replaçant face à lui.

Varakk détenait également le pouvoir de lire dans les pensées ! Il continua à regarder Jérémy en prenant plus de distance cette fois. Le djinn affichait une moue envieuse, comme s'il considérait l'employé du Louvre comme son futur dessert. Jérémy glapit.

De son côté, Zacharie, encore sonné, se releva.

— Varakk. Tu ne t'en sortiras pas comme ça. Je…

— Tu vas quoi, fils Pellam ? lança le démon en se retournant, excédé d'être dérangé.

Le champ d'énergie activé sur Jérémy se dissipa et le jeune assistant put enfin bouger ses membres.

— Que comptes-tu me faire ? J'ai la liberté que je mérite ! déclara solennellement Varakk, ses gros bras grand ouverts. Je vois que depuis tout ce temps, les humains n'ont pas changé…

— Tu n'as rien mérité du tout, Varakk ! Tu as été enfermé pour avoir pactisé avec les forces obscures, je te rappelle ! cria Zacharie, en claudiquant vers lui.

— Je fais ce pour quoi j'existe sur Terre : exaucer des vœux... lui répondit-il avec calme.

— C'est faux ! Tu veux surtout plonger le monde dans les enfers pour gagner en puissance. Mais ça n'arrivera pas !

Zacharie brandit son talisman vers le ciel et hurla une incantation dans une langue que Jérémy ne reconnaissait pas. Varakk changea de regard. Son visage, jusqu'ici en apparence doux, se métamorphosa et devint plus maléfique, dévoilant des canines acérées.

L'amulette de Zacharie brilla alors d'une lumière éblouissante. Une énergie électrique monta en puissance. Elle était telle qu'elle explosa en une onde de force qui balaya la salle de l'exposition et ses alentours. Aveuglé, le djinn recula.

Au fin fond de la Mésopotamie, en plein milieu d'un désert caillouteux, depuis une caverne millénaire creusée dans la roche dont plus personne ne connaissait l'existence, le sol trembla. Doucement dans un premier temps, les ondes sismiques s'amplifièrent.

Quand soudain, un puissant rayon lumineux explosa de terre et pointa vers le ciel, déchirant l'obscurité de la nuit noire. La source d'énergie, qui venait des profondeurs de la Terre, changea de direction une fois l'atmosphère atteinte pour foncer vers le Louvre.

Varakk rouvrit les yeux. La salle des Arts orientaux était plongée dans une atmosphère étrange, éclairée par une vague lumière grise émise depuis l'amulette, toujours dans la main de Zacharie. Le temps semblait s'être arrêté.

— Tu comptes te battre contre moi, fils Pellam ? C'est trop tard ! lui hurla le démon. La bouche de l'Autre Monde est ouverte et elle va engloutir cet endroit et tous ces damnés qui m'ont formulé leurs vœux ! Je suis plus puissant que jamais et prêt à réclamer ma revanche !

Une éclatante lumière diaphane à l'extérieur s'abattit sur le Louvre depuis le ciel. Aveuglant chacun dans le musée, tous se protégèrent les yeux. Jusqu'à ce qu'elle disparaisse, aussi rapidement qu'elle était apparue. Des points blancs éblouirent Varakk, Jérémy et Zacharie, le temps qu'ils recouvrent la vue.

Un son rauque, terrifiant et monstrueux, résonna autour d'eux. Le sol tremblait à des mètres à la ronde sous de lourds pas. Un cri sombre d'animal s'approchait. Le visage du djinn afficha un doute. Il se retourna vers Zacharie, dont l'amulette continuait à briller.

— Tu as osé l'appeler ? Parce que tu crois qu'il va m'avoir une nouvelle fois ?

Il ne put terminer sa diatribe. L'un des murs de la salle de l'exposition explosa dans un fracas monumental de gravats et de poussière qui les surprit tous. Jérémy hurla et se recouvrit le visage pour affronter les débris qui lui tombaient dessus. Zacharie n'avait toujours pas bougé de son côté.

Le Bahamut, l'énorme dragon légendaire des temps anciens, se présenta à eux, furieux. Titanesque, dans les dix mètres de haut, il avait du mal à déployer ses ailes dans cet espace intérieur si petit pour lui, qu'il venait pourtant de détruire en partie. Sa peau ressemblait à celle des crocodiles, et des piques ornaient certaines parties de son corps. Irrité, il semblait impatient d'en découdre une fois son attention posée sur Varakk. Ses yeux rougeoyaient et sa gorge se retenait de cracher sa rage, car il reconnaissait son ennemi millénaire.

Au-dessus de sa tête, un cavalier, fier et beau, aux

traits orientaux, regardait Varakk, qui maintenant lévitait dans les airs face à lui.

— Bolaam ! Où que je sois, tu seras toujours là ! pesta le génie.

Lui aussi avait repéré sa plus fidèle Némésis, celui avec qui il s'était souvent battu durant bien trop d'années auparavant. Bolaam, le djinn légendaire, vêtu d'une tunique or et bleu, d'un sabre gigantesque à la taille et d'un turban volumineux qui s'accordait aux attributs harmonieux de son visage bronzé.

— Je te rappelle que nos destins sont liés, lui répondit ce dernier. Je t'ai déjà enfermé par le passé et je recommencerai autant de fois que cela sera nécessaire.

À peine avait-il fini sa phrase que sa colossale créature ailée bondit sur le djinn avant de retomber lourdement au sol, renversant de nombreux artefacts et causant des dégâts inestimables sur son passage. Crachant du feu, l'animal légendaire se déchaîna dans cette salle des expositions bien trop petite pour lui, mais paraissait décidé à ne faire qu'une bouchée de Varakk.

— Tu as besoin de ton Bahamut ? lui cria ce dernier, alors qu'il tentait d'échapper aux attaques du dragon, toujours dans les airs.

Voltigeant à une vitesse folle pour fuir ses attaquants, il tenait bon face au dragon.

— Bolaam ! Essaie seulement de me battre ! J'ai un compte à régler avec toi ! relança Varakk en guise de provocation.

Au même moment, Zacharie déploya à nouveau son amulette et hurla une autre incantation. Sombre et lugubre, sa voix se diffusa dans tout le Louvre, décuplée par la puissance du talisman. Alors que le combat entre les deux djinns et le dragon redoublait d'intensité et débordait maintenant à l'extérieur, dans la cour du Louvre non loin de la pyramide, le sol se mit de nouveau à trembler.

Plusieurs artefacts dans le musée brillèrent. Son incantation terminée, Zacharie rangea son amulette dans la poche et se précipita vers Jérémy, qu'il prit par le bras.

— Il faut s'abriter ! Ça ne va pas être joli à voir, lui hurla-t-il.

Non loin d'eux, dehors, le Bahamut se battait, guidé par Bolaam, face à Varakk qui lançait du feu bleu démoniaque de ses propres mains. Ils avaient beau l'affronter à deux, le génie maléfique dominait le combat, galvanisé par cette soirée faite de vœux, et comptait bien en sortir vainqueur.

Cachés derrière l'un des bars éphémères du gala, Jérémy et Zacharie entendirent soudain des cris de fureur s'approcher d'eux. Comme une armée féroce sur le point de débarquer. Dans un brouhaha du tonnerre, plusieurs portes de la salle de l'exposition furent défoncées, effrayant Jérémy sur les coups des explosions simultanées. Il tenta de jeter un œil et n'arrivait pas à croire ce dont il était témoin.

Des personnages peints, des statues, des sculptures et d'autres artefacts connus du Louvre déboulèrent dans la pièce, sous ses yeux ahuris. Des œuvres d'art du musée prenaient vie devant lui ! L'empereur Auguste, Marc Aurèle, Marie de Médicis, Ariane, Hadrien, Alexandre le Grand et même la Liberté, de la peinture de Delacroix, faisaient leur entrée, furieux, pour apporter leur aide à Bolaam. Sortis de leurs tableaux et de leurs vitrines de sécurité, ils avaient abandonné leur décor pour se joindre au défenseur de la Terre. Zacharie venait d'appeler en renfort les âmes incarnées dans les plus importantes œuvres du Louvre, afin de battre Varakk.

Un combat dantesque s'engagea face à cette armée des arts. Se retrouvant désormais seul contre tous, le génie commença à avoir du mal à utiliser ses pouvoirs contre une telle troupe d'esprits décidés à ne pas se laisser dicter leur conduite.

L'empereur Auguste, aidé de Marc Aurèle, se jeta sur lui avec son épée. Alexandre le Grand, chevauchant Bucéphale, tenta de l'attraper dans les airs. Marie de Médicis, quant à elle, observait cette bataille dans un coin, en buvant son thé. Elle n'avait aucune aptitude pour l'affrontement et comptait bien se restreindre à ce qu'elle avait toujours fait par le passé : regarder ses semblables se battre pour elle et laisser la Liberté les guider, tous.

Jérémy ne reconnut pas tout le monde appelé en renfort. Plusieurs personnages, même secondaires, issus des plus grands tableaux du Louvre, dégainèrent ainsi leurs épées, leurs arcs et leurs fusils. Varakk continuait à voltiger dans les airs, évitant plusieurs attaques et en parant d'autres. Malgré le pouvoir de la bouche de l'enfer qu'il avait ouverte, il commençait à s'épuiser et semblait en manque de puissance maléfique pour mener le combat face à autant d'êtres magiques.

La bataille, impressionnante, ne dura pas longtemps. Repoussé dans la salle de gala, et acculé de toutes parts au milieu des ruines environnantes, Varakk se retrouva piégé, dos à son propre vase. Les esprits du musée, qui s'étaient attroupés devant lui pour ne pas le laisser fuir, cédèrent le passage au dragon légendaire de Bolaam, qui s'approcha de lui, l'air toujours aussi furieux.

Face au djinn terrifié, le Bahamut ouvrit sa gueule, impressionnante, dévoilant ses nombreuses dents pointues pour le croquer. Mais Varakk n'eut pas le courage d'affronter cette mort. Effrayé, il sauta dans son vase, aussitôt refermé par Bolaam. Ce dernier, doté d'une puissance phénoménale, replaça le bouchon de bronze à la force titanesque de ses bras. À l'aide d'un rayon qui sortait de ses yeux, il fusionna les jointures pour sceller à nouveau l'amphore, comme il l'avait déjà fait des millénaires auparavant.

Le calme revint dans la grande salle, entièrement détruite. Jérémy, ahuri par ce qu'il venait de voir, l'était tout autant face aux inestimables dégâts qu'il ne pouvait que constater. Il ne restait plus rien d'intact de l'exposition, à part le *Vase de Varakk*, et le Louvre était en partie démoli. Même la pyramide de verre n'avait pas résisté aux assauts du Bahamut ! Il ne savait pas quoi ressentir ; tout avait été si rapide et… irréel ! Ce combat, avait-il seulement été vrai ? Avait-il tout rêvé ? Il se pinça et eut mal. Non, il ne rêvait pas.

Face à lui, chaque esprit des arts du Louvre qui avait pris part à l'affrontement s'éleva dans le ciel et s'évanouit un par un dans une nuée de lumière blanche. Ces nombreux « collaborateurs » quittèrent en douceur le champ de bataille pour regagner leurs artefacts, sculptures et tableaux.

Zacharie se leva pour rejoindre Bolaam et, dans un calme tout relatif, brandit son amulette pour l'activer une nouvelle fois.

— Merci de m'avoir aidé, lui souffla-t-il, alors que le dragon légendaire, qui était retourné dehors, commençait à disparaître à son tour, non sans avoir pris soin de proposer une révérence à l'antiquaire.

— Tu as bien fait, Zacharie Pellam. Je dois à ta lignée une reconnaissance éternelle et j'ai toujours tenu parole.

— Ce n'est pas trop dur, là-bas, dans ta dimension ?

Le génie, sur le point de quitter ce monde, s'amusa de la question.

— Disons qu'on me donne des missions intéressantes. C'est mieux que de mourir définitivement. Je pense que tu en sais quelque chose… Au revoir, Zacharie.

— Au revoir, Bolaam, répondit-il, en affichant un sourire chargé de respect.

Le dragon s'effaça à son tour, en même temps que son propriétaire-cavalier.

L'amulette de Zacharie continua à briller. Les esprits désormais tous retournés à leur place dans le Louvre, la salle des Arts orientaux, grandement dévastée, se reconstruisit sous les yeux ébahis de Jérémy. Devant lui, les murs se reconstituèrent, les pièces de l'exposition qui avaient été détruites se reformèrent et tout se restaura en quelques secondes à peine, dans une valse aérienne d'objets et de matières. La pâle lueur grise, qui avait illuminé les lieux durant toute la bataille, disparut petit à petit au moment où le talisman de Zacharie s'éteignit pour de bon. L'électricité revint, la musique repartit, les endormis au sol se réveillèrent peu à peu et se redressèrent en douceur. La lumière étrange et démoniaque qui dominait leur regard s'évanouit. Progressivement, les invités reprirent le cours de leurs festivités, comme si de rien n'était. Certains se demandaient même pourquoi le contenu de leur verre était vide, voire s'était renversé par terre.

James Abernathy, l'air sonné, apparut dans la salle à

son tour et observa le monde présent à son exposition. Il semblait soulagé que la soirée se passe aussi bien. Caroline, accompagnée de Nathalie, le trouva enfin et lui apprit que d'éventuels généreux futurs mécènes voulaient le voir. Cet événement d'Halloween allait marquer un tournant dans le milieu de l'art, il en était maintenant persuadé.

Chapitre 8

Comme si de rien n'était

— Mais par quel miracle ? Comment c'est possible ? demanda Jérémy à Zacharie.

— C'est la force de cette amulette, lui répondit-il. Elle est très… spéciale, on va dire. Elle permet de protéger les lieux d'une bataille si elle est utilisée à temps. Et ainsi d'effacer toute trace de magie. Elle a beaucoup servi par le passé. À mes ancêtres et à moi.

— Mais je… je ne comprends rien à ce qu'il vient d'arriver, continua Jérémy, perdu. Je suis dans un rêve, c'est ça ?

Zacharie sourit.

— C'est normal que tu ressentes ça. Et non, ce n'était pas un rêve. En même temps, tu n'es pas censé être témoin de ce genre d'événement… Ça m'embête un peu, car je vais devoir t'effacer la mémoire.

Jérémy frissonna. Zacharie s'était adressé à lui d'un air passablement ennuyé. Il se demandait comment il s'y prendrait.

— N'effacez pas toute la soirée… tenta Jérémy, les joues rosies, en insistant sur le mot « toute ».

Zacharie s'octroya quelques secondes pour comprendre ce que voulait dire Jérémy. Puis il sourit. Avant qu'il n'ouvre la bouche à nouveau, le jeune assistant reprit la parole en premier.

— Vous êtes vraiment un antiquaire ?

— Disons que je suis un expert en art reconnu. C'est ma description officielle. Mais c'est une identité de façade, comme tu as dû le comprendre.

— J'aimerais en savoir plus, lâcha Jérémy, réellement intéressé.

Zacharie n'était pas dupe. Il se doutait que Jérémy tentait de gagner du temps. Il allait devoir attendre avant de lui effacer la mémoire.

— Ouh la… C'est une longue histoire. Vu ce qu'il s'est passé entre nous trois tout à l'heure dans les toilettes et ton utilisation du pouvoir du djinn sur moi, tu connais déjà beaucoup de choses intimes à mon sujet, lui répondit-il avec un clin d'œil coquin.

Le visage de Jérémy vira au rouge pivoine. Quelque chose de dément avait effectivement eu lieu quelques dizaines de minutes plus tôt, c'était vrai.

— Je… Je ne sais pas quoi dire… balbutia-t-il.

Zacharie souriait de le voir ainsi gêné.

— Allons, même si nous étions sous son emprise, nous en avions quand même envie… Et j'ai trouvé ça plutôt fun, je dois l'avouer, le rassura-t-il d'un autre clin d'œil.

Jérémy sentit son portable vibrer. Un message, qu'il s'empressa de consulter.

WhatsApp. De : Maxime.

On s'est à peine croisés tout à l'heure. Je souhaitais te dire que je ne voulais pas être une source de négativité pour toi… Je sais que tu tiens à moi. Me pardonneras-tu?

Il lut plusieurs fois le message, presque hébété, avec le recul, par le toupet de son ex-amant. Il avait envie de hurler un « connaaaaaaaaard » monumental. Mais comme il n'était pas tout seul, qui plus est dans une soirée chic bondée de *beautiful people*, il préféra appuyer sur le meilleur bouton qui existe : « Bloquer le contact ».

Il referma son smartphone, souffla un bon coup et regarda l'événement mondain se dérouler sous ses yeux, encore sous le choc de ces trois dernières heures complètement irréelles. Il sentait sa tête sur le point d'exploser. Dix mille questions s'y bousculaient et il voulait toutes les poser à son beau sauveur du Louvre. Il se tourna vers lui.

— Vu qu'on se connaît déjà de façon… intime, et qu'on n'a pas fait les choses dans l'ordre, ça vous dirait de venir boire un verre au café Marly, juste à côté, rien que nous deux ?

— Tu peux me tutoyer Jérémy. Et j'en serais enchanté, répondit Zacharie, sourire craquant au bord des lèvres.

Il lui effacerait la mémoire après. Peut-être.

Madelline R. Kennedy

Madelline, Américaine timide, francophile avertie, originaire de San Diego et résidant en Normandie depuis quelques années avec son mari Français, adore les univers de Jérôme, et a eu envie de s'associer avec lui dans l'aventure de l'écriture.

Jérôme Patalano

Publicitaire parisien, Jérôme, 44 ans, élevé au Club Dorothée et au cinéma des années 80 et 90, constamment la tête dans les étoiles, est l'heureux auteur édité de plusieurs romans d'imaginaire *(Alter Real Editions, Inceptio Editions & le Cherche Midi)*.

Si vous avez aimé l'histoire,
n'hésitez pas à le dire sur Amazon, Booknode, Babélio
et vos réseaux sociaux.

Du même auteur,
Jérôme Patalano

2022 — Inceptio Éditions : *De l'autre côté des étoiles* (YA fantastique).

2021 — Vivlio Studio (Doors) : *Une nuit de 1948* (policier).

2021 — YouTube, podcast en 3 épisodes : « L'Amour en Provence », pour la marque L'Occitane (romance).

2020 — Alter Real Éditions : *Magical London* (urban fantasy) — réédité en 2022 sous le nom de *Knocking on Hell's Door*.

2019 — Éditions Bookmark : « Faites vos vœux », dans le recueil *Un homme pour Samhain* (retiré de la vente).

2019 — Cherche Midi : « 2 184 », dans le recueil *Musiques de parfums* (science-fiction dystopique).

2018 — Michel Lafon : *L'agenda VDM* de 2018 (humour).

Contacter Jérôme & Madelline :

Site web : jeromepatalano.fr

Facebook : Jérôme Patalano - Auteur

Instagram : @jerome_patalano_auteur

Dépôt légal : octobre 2023

ISBN : 978-2-9589893-0-9

Printed in Great Britain
by Amazon

28256441R00071